练习和植物对话的女人

Aprendre a Parlar amb les Plantes

〔西〕马尔塔·奥里奥尔 —— 著

冯珣 —— 译

Marta Orriols

海峡出版发行集团 | 海峡文艺出版社

图书在版编目（CIP）数据

练习和植物对话的女人 / (西) 马尔塔·奥里奥尔著；
冯珣译. -- 福州：海峡文艺出版社，2021.12
ISBN 978-7-5550-2779-9

Ⅰ.①练… Ⅱ.①马… ②冯… Ⅲ.①长篇小说—西
班牙—现代 Ⅳ.①I551.45

中国版本图书馆 CIP 数据核字 (2021) 第 232895 号

APRENDRE A PARLAR AMB LES PLANTES
by Marta Orriols
Copyright © 2018 Edicions del Periscopi and Marta Orriols Balaguer
Published by arrangement with SalmaiaLit, through The Grayhawk Agency Ltd.
Chinese (in Simplified characters only) translation copyright © 2021 by United
Sky (Beijing) New Media Co., Ltd.
All rights reserved.

著作权合同登记号：图字 13-2021-087

练习和植物对话的女人

〔西〕马尔塔·奥里奥尔 著；冯珣 译

出　　版：海峡文艺出版社
出 版 人：林　滨
责任编辑：蓝铃松
编辑助理：张琳琳
地　　址：福州市东水路 76 号 14 层　邮编 350001
电　　话：(0591) 87536797（发行部）
发　　行：未读（天津）文化传媒有限公司

选题策划：联合天际·文艺生活工作室
特约编辑：张雪婷　宁书玉
装帧设计：木　春
美术编辑：程　阁
封面插画：颖　子

关注未读好书

印　　刷：三河市冀华印务有限公司
经　　销：新华书店
开　　本：880 毫米 ×1230 毫米　1/32
印　　张：7.5
字　　数：160 千字
版次印次：2021 年 12 月第 1 版　2021 年 12 月第 1 次印刷
书　　号：ISBN 978-7-5550-2779-9
定　　价：58.00 元

未读 CLUB
会员服务平台

米盖尔，这本书为你而作。

每日每夜，流逝于表盘之上的每分每秒。

我们永远不会忘记你。

我思念你、爱你。一如既往，直到永远。

你把两个从未在一起过的人凑到一起，有时这就像是将一个氢气球和一个热气球绑在一块儿的初次尝试：你更想让它们先坠落再燃烧，还是先燃烧再坠落？不过，有时候这种尝试会奏效，创造出新的东西，让世界都为之改变。之后，或早或晚，在某个时刻，出于某个原因，其中一个人消失了。消失的大于原本存在的总和。数学上这或许讲不通，然而在情感中却是可能的。

　　　　　　　　　　　　——朱利安·巴恩斯　《生命的层级》

目录

之前

我们还活着。

恐怖袭击、事故、战乱和流行病都距离我们很遥远。我们可以从电影里看到关于死亡的浮夸表演，还有一些将其展现为因爱而生的行为，然而我们始终不曾触碰死亡本身的意义。

晚上，我们有时会盘腿窝在床上，惬意地陷在蓬松的靠枕里，摆脱早应褪去的青年傲气，在一片昏暗中看新闻。那时我们未曾察觉死亡的场景投在毛罗的镜片上，映出了蓝光。巴黎的恐怖袭击导致137人死亡，极端组织宣称对此负责；某地24小时内接连发生了三起车辆迎面相撞的交通事故，共造成6人死亡；西班牙南部某小村庄河流决堤，已致4人遇难；叙利亚发生一系列袭击事件，造成至少70人罹难。而我们，会震惊片刻，大概还会发出些类似于"天啊，真是一团糟！"或者"真可怜，太倒霉了！"的感慨。倘若新闻不够耸人听闻，当晚它就会消散在这对伴侣的卧室里，就像他们之间正在破裂的关系。

我们会换个频道，赶上某部电影的结尾，我会边看边确认第二天的日程，或者提醒他记得去干洗店取那件黑外套，又或者，假如对最近几个月而言，这晚气氛不错，我们也许会努力提起情绪勉强欢爱。如果新闻内容更轰动一些的话，它的效果也会延长一点儿：人们会在第二天上班的茶歇时间提起它，或者在超市排队买鱼时议论纷纷。不过，我们还活着，死亡属于其他人。

紧张地工作一天之后，我们常会用"我要死了"之类的话表达自己有多累，而这种形容丝毫不会刺痛我们的心；我们还年轻，稚气未脱，我们在最喜欢的小海湾里戏水，也会开玩笑地伸开四肢，漂浮在海面上佯装溺水，最后以打闹着亲吻和放声大笑结束。那时我们的嘴唇上沾满海盐和阳光的气息。死亡那么遥远，它不属于我们。

小时候的我经历过死亡，妈妈病了几个月就去世了。不过我对这件事的记忆已经很模糊了，也不会再因此伤心。父亲来学校接我时，我们才吃过午饭回到教室一个小时。数不清的男孩女孩离开食堂，伴着平日生活里的喧闹，登上螺旋楼梯返回教室。这一切在某个时间点戛然而止。是校长陪爸爸来的教室，她敲门时，自然老师刚给我们解释完存在脊椎动物和无脊椎动物这回事。于是，和妈妈的死有关的记忆，永远与绿底黑板上的两个白色粉笔字联系在了一起，那是两个单词，将动物界一分为二。直到那时还与我没什么区别的同学们，以一种全新的目光注视着我，而我，非常平静，感觉自己仿佛去往了动物界的第三个领域，那里属于永远失去了母亲的受伤动物。

医生已经提前告知了母亲的死亡，然而即便有了思想准备，我们也没能减轻它带来的恐惧。通知单上写着大概的时间范围，让我们有机会向她告别、实现她的愿望、照料她、向她表达我们所有的爱。对那时的我而言，最重要的是相信天堂存在的纯真信念，每个人都向我描绘过那个地方。七岁的我天真懵懂，因此从失去母亲这件事中被解救了出来。

我和毛罗在一起很多年了，然后，我们分手只用了几个小时。几个月前，他突然死了，毫无征兆。一辆车夺去了他的生命，也带走了许多其他东西。

　　没有天堂也没有解脱，有的只是成年人该体会到的令人厌恶的痛苦。为了避免以过去时态说起毛罗，我常常在思考和说话时使用"之前"和"之后"这两个副词。"之前"和"之后"无疑是存在的，它们之间是一道实实在在的屏障。那天中午他还活着，和我在一起。他喝了酒，让人又端上来一点儿里脊；他接了几个出版社打来的电话，一边讲一边摆弄纸巾盒；他在餐厅名片背面空白处给我记下了某本出自法国女作家的书，热情地推荐我读一下；他挠了挠左耳垂，不知道是因为不舒服还是羞愧，然后就跟我摊了牌。他几乎是结结巴巴讲完的。几个小时后，他死了。

　　那家餐厅的标志上画着一段珊瑚，我经常盯着它看。我保存着那张餐厅名片，上面有他干净的字迹，写着他曾那样喜欢的书的名字。大概每个人都有权利依照自己的心意，用紫、红、黄、蓝、绿等各种色彩美化自己的不幸，自从车祸那天，我就把我"之前"和"之后"的生活想象成大堡礁，就是那座世界上最大的珊瑚礁。每当我回想某件事是发生在毛罗去世之前还是之后的时候，我就努力想象大堡礁，想象自己在里面填满五颜六色的鱼和海星，把它变为分割生活的赤道。

　　当死亡不再属于其他人，那就有必要在珊瑚礁的另一侧细心地为它留出地方，因为不这样做的话，它会肆无忌惮地占满每个角落。

死亡一点儿也不神秘。死亡是可感知的，是理所当然的，是真实的。

1

"皮莉，检查设备，快点儿！有呼吸吗？"

"没有。"

"开始正压通气。"

我低声重复着新生儿的生命体征数据，仿佛在背诵祷告词。"我知道，小家伙，我们不应该这样迎接你，但是不管怎么说，你必须呼吸，听到我的话了吗？"

30秒。"1、2、3……那边躺着的女人是你母亲，失去你她会崩溃的！看到她了吗？好了，加把劲，10、11、12、13……乖，为了你最喜欢的东西努力呼吸。我向你保证，只要你克服了眼下的难关，一切都会不一样的，这个世界很精彩。17、18、19、20……活着是值得的，你明白吗？ 23、24……生活有时候是很辛苦，这我不能骗你……26、27……加油，小家伙，不要这样对我。我保证活着是值得的。30……"

安静。婴儿一动不动。

"皮莉，心率？"

我撞上护士皮莉警惕的目光。这是最近她第二次这样看我了，我了解这种目光中的警告意味。她是对的，我不该对她这么生硬。她警告得对，我绝对不该这样。我不舒服，我很热，之前假期末尾穿凉鞋在右脚磨出来的小水泡，蹭在鞋底上隐隐作痛。在新生命降生后关键的几分钟里，水泡和燥热感对我而言都不合时宜，而对这个女婴来说却恰恰相反，绝对首要的就是保证她的体温。也许天一亮我就离开镇子直接来上班不是个好主意。我没有回家，也没有收拾行李。离开的近两周时间让我产生了一种奇怪的感觉，挥之不去——这段时间我远离工作，远离来自婴儿、化验师和化验室的门诊故事，远离了推动我前进的一切。

我做了新的决定。我短促地拍打新生儿的脚底，并像往常一样，努力克制自己加大力度、提高频率的冲动。"你不能这么对我，我的9月不能这么开始。好了，喘气，小可爱。"我再次评估她的情况。

我尽量集中精力，专注于监视器上的信息和婴儿的反应，但我需要闭上眼几秒，因为我无法捂住耳朵。产房里，产妇抛出的一连串问题就像无法宽慰的抽噎，使我前所未有地无措。他人的痛苦现在看起来就像盛宴过后的一盘丰盛加餐。我不仅吃不下，而且心怀排斥。所有悲伤的声音都变成了毛罗母亲在他葬礼上的声音，撕扯着我的心。

"呼吸，小家伙，来，快点儿，看在上帝的分儿上，快呼吸！"

我皱起眉，摇了摇头，提醒自己眼下没有时间去胡思乱想难以解决的问题。现在不能回想。现在不能联想。"现在不行，葆拉，集中精力。"现实迎面而来，如同当头的一盆冷水，立刻把我的思绪拉回原位：眼前的小小身躯还没开始呼吸，她躺在辐射保暖台上，体重只有850克，她的命运取决于我。我马上感到自己的第六感被激活，它给我的指引越来越多，这有点儿类似于极端的客观与直觉的狡黠之间的平衡。极端的客观使我遵照医疗规程、保持理性，但要是没有直觉，我肯定没法应对迎接这些小生命来到这个世界的挑战过程。

"听我说，小家伙，值得让你活下来的事之一，就是见到大海。"

"皮莉，我把正压通气关掉了。我要试一下在她背部做触觉刺激。"

我吸了一口气，然后呼出去，仿佛做好了一切落空的准备。我的口罩就像一堵墙，阻留着呼出的气息，里面混合着早上我在爸爸的洗手间找到的含氟牙膏和我在高速公路上飞快灌下的那杯速溶苦咖啡的味道。我想念自己的东西和正常的生活。我想念咖啡和自己的咖啡壶。我想念家里的气味、我自己的步调，我不需向任何人解释什么，我可以随心自在。

我尽可能以最轻柔的方式抚摩婴儿的背部。

"大海是有节奏的，你知道吗？它是这样的：涨潮、落潮，涨潮、落潮。你能感觉到我的手吗？海浪涌过来又退回去，就像这样。来，小可爱，大海是值得的，还有其他值得的东西，但是现在你要把精力集中在大海上，就像这样，轻轻的。你感觉到了吗？"

"有呼吸了。"

她的第一声啼哭就像小猫的叫声一样柔弱，然而产房中，我们的喜悦足以引来一场夏日暴风雨。

"欢迎……"我不确定是在对她说，还是在对自己说，但是我必须努力才能抑制住奔涌的情绪。

我迅速地为婴儿清理身体，就像之前做过无数次的那样。看着她透明的皮肤慢慢染上鼓舞人心的粉色，慢慢好起来，我的心也平静下来。

"心率？"

"每分钟150次。"

"皮莉，把正压通气打开，然后把她放进暖箱吧，拜托了。"我看向她口罩上方的双眼，想让她知道我已经为刚才的语气后悔了。和皮莉共事，最好能让她开开心心的，不然，她生气了一定会拖延我需要的化验结果，让我不好过。不过，她至少还会像以前一样和我闹情绪。从几个月前开始，突然所有人都不跟我计较我的坏脾气了，但每次他们这样包容我，他们含糊的说辞都令我越发愤怒，心情糟糕透了。

等待暖箱的时候，我又开始摩挲婴儿小巧的背部，手法轻柔，这回是为了感谢她努力博取生机的强大意志，但在心底深处，我也不可避免地想到，这抚摸中还带着别的含义，那是某种难以界定的意味，与她坚持了下来有关，也与毛罗的离开有关。因为他已经不在了，葆拉。他不在了。尽管如此，甚至在我试着挽救这个娇嫩的小小生命时，他还是会回到我的思绪中。

"看，妈咪。亲亲你的女儿吧。"我把女婴凑到母亲面前一小会儿，好让她看清。"她刚才呼吸有些困难，不过已经没事了。现在我们要把她送到UCIN①去，我们之前说好的，对吧？一会儿我们在那里碰面，我会慢慢给你们解释来龙去脉。不必担心，一切都会好起来的。"

但我不做承诺。那位母亲的目光在恳求我给予她希望，然而在毛罗去世之后，我已不再做任何承诺了。

---

① 即西班牙语中新生儿重症监护中心的缩写，后文将多次出现。——若无特殊标注，本书注释均为译者注

2

莉迪亚不会迟到，她出诊到 1 点钟。一想到能见到她，我心里轻松了不少。只需几分钟，她的无拘无束就能再次吸引我，使我回归正常。这恰恰是我的身体确实迫切要求我去做的事情。假期结束之后，正常是关键，是我唯一的诉求。

我在医院餐厅的一片嘈杂中等她，把沙拉从盘子的一边扒拉到另一边。飘过鼻尖的调料汁味道让我回到了学校的餐厅，那时候，我会把不喜欢吃的东西藏进宽大外套的口袋里，或者试试跟更饿的同学换个鸡腿。儿科医生嘱咐爸爸给我吃抹了蜂蜜的烤面包，以提高我体内总是过低的某个指标。那个数值标在曲线构成的网格上，他用铅笔指明，而我害怕极了。蜂蜜开始成为我日常饮食的一部分，也成为失去妈妈后，我们灰暗生活的一部分。它不会减轻痛苦，只会让人发胖。

毛罗去世四天后——这不是一种形容，而是恰好过了四天——我只喝了椴树花浸剂①，最多同意父亲在浸剂中加一些村里养蜂人的

---

① 一种镇痉剂。

蜂蜜。我无力抗议，只能任由他拿着蜂蜜为所欲为。我不知道这回他想让我身体的哪条指标曲线上升。又一次，我的悲伤被染成琥珀色，一滴滴滑落。

那些日子死气沉沉又脱离现实。混乱填满一切，无暇感到饥饿。我记得爸爸粗大的手翻转着木勺，蜂蜜顺势缠绕在木勺的纹理中，不会滴落。我父亲是个完美主义者，他无法理解我居然没有一把专门用来舀蜂蜜的木勺，于是他给我买了一把。他还整理了装餐具的抽屉和放着锅的橱柜。有一个星期，父亲和莉迪亚轮流在我家巡视，而我什么也做不了。他们用好吃的东西塞满我的冰箱，而它们之后会慢慢变质。莉迪亚会在中午和晚饭时间来我家，除了陪我，还为了确保我多少吃点儿东西。

所有人都深信不疑地把车祸后的那几个星期，我呆滞的目光、邋遢的外表和始终紧闭的百叶窗归咎于我痛失多年爱侣的不幸，然而没人意识到，还有另一种痛苦紧紧攀咬着失去毛罗的痛苦不放，它捉摸不定、缓慢侵蚀，就像一条用黏糊糊的足迹覆盖一切的蛞蝓。它水滴石穿，可笑怪诞，可笑怪诞到我只能把这痛苦掩藏起来。我仿佛也因为新的耻辱死去了，比死亡更新的耻辱。

我怀疑这两种痛苦通过某种方式联系在了一起，是不是因为我的意识里有了"她"的存在，才让"他"从我的生活中消失了？

"来，葆拉，只吃点儿香蕉也行，拜托了。你什么都没吃。"

我歪着头仔细观察莉迪亚，然后笑了。我本打算跟莉迪亚开个玩笑，告诉她曾有位女神为我赐福，所以我不用吃也能活，但是，看着她忧虑的表情，我觉得还是不要说类似的话比较好。

"就吃一点儿，来。"

我当时坐在厨房的椅子上，她站在我旁边。我们两个作为朋友，原本可以在随便一个晌午到随便谁家小聚，没有去世的恋人，也没有去世的朋友。然而实际上，这个场景的构图是完全畸形的。如果把内心的隐痛都用医用绷带包扎起来，我大概已经看起来像个从战场归来的伤残军人。

莉迪亚仔细地把香蕉皮一瓣一瓣剥开。我心不在焉地望着她。她用几根手指捏着剥完皮的香蕉递给我时，我们四目相对，一时间都非常想笑，但又不知道为什么想笑。

"给，吃吧，拜托。"

"我没有胃口，莉迪亚，真的。吃了我会不舒服的。"

"来嘛，吃一小截也行……"

我们爆发出一阵笑声，我感觉自己的脸因为羞愧而烧灼。我的笑容让她放下心来，她也朝我笑了。我得先安抚她，这样稍后她才能安抚我。一个人如果承受了伴侣的亡故外加不忠，必将懂得常人永远无法明白的事情，也必将无法保持镇定。我笑了，笑到胸口发堵，笑到无法入睡；我笑了，我还在流汗。我敢保证假如我突然停止笑声，向她直截了当地说出真相，莉迪亚会瘫在原地，惊愕得强颜欢笑。这个消息的影响会持续攀升，直到顶峰，效果将堪比那些耸人听闻的报道和丑闻。我们暂且不提不久前那个让一切停滞的事件，眼下，俗套而无趣的不忠成了舞会上的女王。但是我们笑了。

莉迪亚笑了。我一边和她一起大笑，一边试图从她眼皮的褶皱中找到她的眼睛。我不想费力组织语言，我想用眼神交流倾吐心中所有的情绪，但是，尽管如此，她似乎没有捕捉到我眼神的含义。你所传达的消息是伴随抛弃你的人的死讯而来的那种，这无法通过一个简单的眼神推断出来。

"吃吧，葆拉。"

因为不想再听到催促，我咬了一口香蕉。

"你知道吗，人体大约有两万五千种基因，而香蕉大约有三万六千种。"

"哎呀，葆拉，你在说什么呢……"

"也就是说，一根香蕉比人体多大约一万一千种基因。"我向莉迪亚宣布。

"棒极了。"她怜悯地望了我一眼，帮我把散落在脸侧的头发别到耳后，"一切都会好起来的，大美女。你会走出来的。"

而我，内心深处，我觉得自己做不到。

香蕉的果肉甜美而柔软，我费力地咽下去，立刻就尝到了自己泪水咸涩的味道。

"我是谁？"

她从后面用手蒙住我的眼睛。我没注意她已经到了。我转过身和她拥抱。莉迪亚精力充沛，留着一头卷曲的金发，乱蓬蓬的，脸上密密麻麻地长着雀斑。

一开始，我们抢着说话，互相讲述我回来工作这段时间发生的琐事，然后我气愤地抗议，为什么她担任儿科医生的医院引进的新设备那么先进，而我呢，同样是儿科医生，我就得在碍手碍脚的墙壁间工作。那里空间分隔得过于密集，光线昏暗，走廊设计还有问题。就算我们有需求，不面向患者开放的设备也总是获批得很慢。莉迪亚冲我吐吐舌头，权当我已经抱怨完了。我们的友谊从未取得某种平衡，她总是以微弱的优势占上风，而我从这段友谊开始的第一天就接受了这一现实，就像我内心深处一直容忍身边的情节由内而外改变着我一样。

她给我讲了他们在苏格兰旅行时住的旅馆有多令人失望——毯子脏旧不堪、食物令人作呕；更别提他们预订错了一家酒店，最后不得不住在一间满是污垢的房间里，房间脏到他们宁愿四个人挤在车里睡——她讲这些的时候，我们就像又回到了她父母家的屋顶上，在那里复习、准备期末考试，还把胳膊凑在一起比谁晒得更黑。

"你看起来很美。"她笑着对我说，"这些天你过得还不错。"

我任凭她自说自话得出这样的结论，因为我不想谈论自己，也不想谈论我在塞尔瓦德玛尔的父亲家度过的这两个星期。所谓的隐居生活、去繁就简的美好、老生常谈的内心平静，所有那些人们认为能让我好起来的东西，都没有奏效。

车祸之后，我还是第一次回来这里。昏暗的天气像一层滤镜，滤镜之下的镇子仿佛完全变了样子，教堂看上去更大，街道看上去更窄。教堂的钟从未敲得这么响；广场上，来避暑的游客们的笑声从未如此肆无忌惮。我已经镇定到厌倦，受够了父亲忧郁的钢琴声，受够了小鸟每天清晨在我刚刚入睡时吵醒我，受够了上不了网，受够了只有爬上岩石顶才能勉强收到三四格手机信号，也受够了围坐在国际象棋棋盘边的饭后时光。不，平静只做到了发出所有警报，并把我试图在毛罗去世后的首个假期中逃避的所有问题都上升到新的次元。因此，为了避免被莉迪亚引向痛苦的话题，我试图用一连串问题向她发起猛烈攻势，让她没法向我发问。说到底，一边是刚结束了一场兴师动众的欧洲家庭旅行的母亲，另一边是想出了绝妙的主意——在北风过境的小村子里，被自己父亲的朋友包围着，听他们骄傲地炫耀自己的晚年生活——的单身女人，莉迪亚必定有更多值得讲的故事。

"你的女儿们呢，她们都挺好的吧？"

"哦，孩子们……你马上就知道她们什么样了。我都快忍不了达妮埃拉了，她就是一个典型的青春期少女；马蒂娜成天跟在她姐姐身后，现在可好，一个想去游泳池，另一个却要去海滩，干什么事都这样。"她停下来喘了口气，"我向你保证，带着孩子度假绝对是折磨。这几天，你都想不到我有多少次想把她们扔给托尼，自己偷偷逃走，和你一起到村子里住，整天晒日光浴，光明正大地抽烟喝酒，躲都不用躲。"

"那你为什么没那么做呢？"我心想，"那这些天你为什么扔下我一个人？"我身体中的成年女性明白莉迪亚已经结婚了，她有两个女儿，她有她的责任，她要和她的家庭一起度假。于是成年女性笑了，回答说哪有她形容的这么严重；说她很想看看孩子们，还给她们买了几件衣服；说村子里一切都好，就像往常一样；说她父亲依然壮得像一头牛，爱对家务指手画脚；说她在那里至少胖了三公斤。

"还有呢？你在村子里有很多仰慕者吗？"这么问的时候，她湛蓝的眼睛一动不动地盯着我，这种典型的莉迪亚眼神让我无处可逃。我不认为她这么问是因为真的在意那些男人，她在意的是我的情绪。

"得有一打法国游客。"

我用手在身上从上到下比画了一下，摊开双臂，就像在说："喂，看到没？你觉得我现在适合结交新人吗？"

"我说，最好先别。现在还太早了。你要等一切都回归原位，那时你也能想得更通透。毛罗的事才发生不久。也许现在不是好时机，葆拉。"

"什么好时机？"我心想，难道还有预设的时间吗？在活下来的人们的礼仪规则中，难道规定了要过多久再开始新的约会才不算不知廉耻吗？然而我身体中的成年女性只是轻轻点了点头，表示赞同，同时把沙拉中所有的圣女果都扒拉到一旁。

我曾经读到过，长期记忆是通过某种重建和抽象来储存回忆的，因此难免出现制造出虚假回忆的极端情况。我不禁思考怎么才能原封不动地、诚实地保存有关你的记忆。

要是能以时间顺序梳理关于你的记忆，对我来说会容易很多，但事实并不是这样的。回忆的片段无序地涌现，像被驱散的兽群一样来来回回，对呈现出你人生的，或者说，我不曾参与的你人生的明暗色调毫无帮助。

你会做针线活。你缝过纽扣，也补过破洞的袜子。

每当你找不到东西或者想让我给你台阶下的时候，你会叫我葆莉。我不喜欢这个叫法，但是你从不改口。

早上起床的时候，你总是连打三个喷嚏。每次接你母亲的电话，你都会改变语气。如果听见你用孩子气的语调说"妈妈"，我就会拿上钥匙出门转一圈，因为我知道你又会对她提出的某个要求妥协了。你身上的味道很清爽。你从不用香水，身上是温水和香皂的干净气息。

你总是一边专注地读报纸，一边把饼干抵在上颚用舌头弄碎。一块接一块。一开始我觉得你这样很可爱，后来这些年我总是盯着你，想让你少吃些甜食。

我们每次欢爱，如果我一开始就抚摩你，你总会打个难以察觉的寒战，就像受到了小小的惊吓，就像欲望与嫌恶交织的复杂反应。可能也不是一直如此，但无论怎样，我都想不起最初是什么样子了。

你喜欢给我买鞋子。我没有对你说过，其实我一般不太喜欢你选的那些鞋子。但如实告诉你我会心疼，所以我总是穿上它们讨你开心。那些鞋子适合的女人，脚不长我这样，着装风格也和我不同，我其实没有风格可言。那些鞋子适合的女人不是我。

出门前，你总会吻一下我的额头，一个温柔而真诚的吻。你的告别吻一直如此。一直如此。

3

　　一罐蛋黄酱。两瓶啤酒。一个松散的生菜心，上面长满天鹅绒般的霉菌。两杯已经过期一星期的酸奶。我拿出一杯。一罐见底的苦橙果酱以及冰箱运转的噪声。再无他物。欢迎回家。

　　自动答录机的红灯在闪烁。只有一条留言。有个瞬间我产生了一种预感，但是不会的，不可能是基姆打来的。我应该还没把我家电话号码告诉他。我情愿相信他虔诚地服从了我的战斗指令，如果别人告诉你"离我远点儿，再靠近我们都会受伤"，那么肯定不会让人会错意。有时我会祈祷。我会忏悔。有几个夜晚，我祈祷他能打电话给我，能向我发出生命的信号。一条信息、一张图片，随便什么生命的迹象都能让我满足。其他晚上，我会纠结要不要告诉他一些事情，会思考说了会不会让我们都受到很大伤害，最后握着手机入睡。有时候我诅咒关于他的回忆，有时候我无法相信四十二岁的自己居然能从灰烬中痊愈，变得像一个踌躇不定、毫无理智又冲动的青春期少女。我整日行尸走肉一般，并且常常怀疑，最有可能的是基姆已经把我抛到脑后了。

　　所以如果只有一条留言的话，大概率不是基姆的。其实，我觉得它只可能来自我父亲。我父亲是电视旁边这台无关紧要的机器还在这个房子里的唯一原因，就算它早已与时代脱节，非常陈旧了。爸爸不仅会留言，还会把他创作的钢琴曲录给我听，答录机里还保存着几分钟长的片段。不管我几点到家，答录机的红灯总在闪烁，通知我有内容需要收听，或者有爸爸的留言，想听听我对他的谱曲有什么见解。有时候我最好马上回复，否则留言可能会积攒很多。对某些闲不下来又难以满足的人，真应该禁止他们退休。

我按下按键，就像我预料的一样，父亲的声音开始回荡在客厅里。我一边听一边一勺一勺地吃酸奶，顺便把阳台的百叶窗拉上去，让阳光照进来，也让空气流通一下。

"我觉得你应该已经到家了……希望你路上没堵车。从市中心回来的路上，我遇到了佩皮，她让我给你带好。她说要是知道你回村里了，她一定会来看你，给你一个拥抱的。啊，葆拉！你把昨天玛丽亚，就是那个玛丽亚·肯·鲁维斯送给你的饼干落下了……我没什么事，就是想祝你开工愉快。就这个，没别的事了……还有要记得吃饭，听见没？吻你。"

我张口结舌，立刻感到一阵反胃。我把酸奶扔进垃圾桶，一想到玛丽亚女士盛有饼干的饭盒我就恶心。今天早上离开父亲家之前，我见到那个饭盒了，甚至都把它拿在手里了，后来又放回桌面上。密封的饼干饭盒散发出一股和盒子主人的口气一样的味道。

"孩子，我们都要坚强。你还这么年轻。你得重新开始你的生活。"

周二下午我们去看望了她，请我们喝咖啡时她这样对我说，无论我想不想听。我觉得父亲之所以有在邻居生病，或者邻居的亲友亡故时去探望的好习惯，是因为他偏执地想让自己在村子里显得不那么像外来人，他在村子里住的时间也越来越长。这种事我父亲在巴塞罗那从来不做，除非对方是朋友或近亲。即便如此，有的细节还会透露出他作为城里人的习惯：他会把拜访时间记在日程表上，出发当天还会把自己收拾一番。我举个最近的例子，周二那天早上，我们在院子里吃早饭的时候，父亲的手机弹出了提醒。他用纸巾擦擦嘴巴，嘴里还没嚼完，就对我宣布："12点要去拜访玛丽亚·肯·鲁维斯。如果我们还想在向她表示哀悼之前去塞尔瓦港游个泳的话，就得抓紧了。"

我疑惑地望着父亲，告诉他我是不可能陪他去玛丽亚女士家的，我的暑期计划不包括向陌生人表示哀悼。

"但是她的确认识你。如果你陪我去，今天晚上我给你做蛤蜊和鲛鳒鱼。"

村子里没人知道毛罗在死前几个小时抛弃了我。我父亲也不知情，虽然他知道当时我们的关系正处于一个非常糟糕的时期。那时候是秋天，但还没冷到需要穿外套。我和毛罗大吵一架，原因是我之前买好了11月小长假的机票，而他因为一个工作选题可能走不开。我警告他以后再也别想责怪我不给他制造惊喜，于是我们困在争吵声和摔门声交织而成的毛线团中无法脱身。他说让我见鬼去吧。而我呢，我回答说好极了，在他身边我肯定会见鬼的。

半小时之后我和父亲去了皮肤科诊所。父亲需要去掉背上的几颗雀斑，他为此忧心忡忡，让我在这个简单的小手术后送他回家。尽管我很清楚父亲不会安慰我——他从来不善于安慰人，在等待医生叫号的时候，我还是放任自己被当时的脆弱感席卷。我含糊地对父亲说起，我和毛罗的关系进展非常糟糕。我的声音是颤抖的，然后他就提出了"糟糕的时期"这个说法，他就这样为之命名了。"葆拉，现在是个糟糕的时期，你看吧，到了春天，一切都会好起来的。所有伴侣都经历过这样的时期。"说完他在我肩上轻轻拍了两下，自以为把问题解决了。我默默地为自己的天真感到好笑，心想：通通见鬼去吧，雀斑也是，感情问题也是。春天。

如果我们在一起这么多年后分手了，父亲一定会非常难过，我猜他无法给朋友们一个合理解释，来缓解年过四十的女儿感情破裂带来的打击。我父亲总喜欢说："我女婿是编辑。""今天《先锋报》（ La Vanguardia ）给我女婿做了专访。""我女婿让我种在东墙下的白蔷薇又开花了。"诸如此类。他们两个互相欣赏，共同组成一个法定家庭关系之外的圈子，毕竟我们没有结婚，如果我能做主的话，也不会结婚。称呼毛罗为"女婿"，让父亲觉得他更像是自己家的一员。"葆拉要在家待几天。我女婿出了车祸，去世了。"

玛丽亚太太认识我而我不认识她，只能说明父亲毫不犹豫地向他的朋友圈子介绍了我，比如"我的小可怜葆拉，她的恋人在车祸中去世了"。在某种程度上，比起让人推测过于松散、出现问题时缺乏担当的伴侣关系现状，伴侣亡故的女儿会更容易让人觉得正常，因为那种情况下的她更自由。而当他们之间出了问题，却很少有人鼓励他们去弥补。死亡能修复无法挽回的关系，它不可逆转，因此可以篡改一切。死亡把毛罗置于一个紧挨着圣徒和圣婴的位置上。死亡就像春天一样。

我父亲和玛丽亚女士断断续续地说着像是从教科书上摘录的句子。有许多谈论死亡的格言警句，它们的音韵听上去在尊敬和畏惧之间摇摆。我站在门口望着他俩，努力避开空气中飘浮的酸木瓜和刚切好的香肠混合在一起的气味。我迫切地渴望咖啡溢出来，并暗自希望咖啡壶爆炸，这样我们就不得不逃离房间，完全没有时间围坐在那张桌子旁边。桌子上铺着一张沾满油渍的油布，上面肯定还保存着玛丽亚女士那去世的丈夫粗壮手指的指印。

那天是 8 月 26 日，玛丽亚女士穿着黑色长袖对襟线衣和及踝长裙，脚上是坡跟棉拖鞋，和一旁的我穿的平底绑带皮凉鞋昭示着两种截然不同的生活规范。我们不是同一种女性，理所当然，我们遭受的也是不同的痛苦，即使痛苦呼吁我们集结在一起，哀痛像一种能传染的力量，它不停繁殖、肆意传播，独立于痛失爱人之人的意志之外。我的痛苦属于我，我不希望有人接近它。

突然间，咖啡机的沸腾声宣告我刚才想象的脱身之计无效，不知怎的，我就坐到了她旁边，挤出一个微笑，让自己不去想桌上垂下的油布正在轻轻摩擦我的大腿。玛丽亚女士站起身，不慌不忙地关了火，从颜色暗淡的橱柜中取出三个看起来像玩具的杯子。一股久未通风的陈旧气息浸满了房间。就在这时，厨房挂钟的走秒声打破一片寂静，她走到我面前，离我太近，我不得不闭上眼睛。她开口说道："孩子，我们都要坚强。你还这么年轻。你得重新开始你的生活。"

我不喜欢玛丽亚女士或者任何一个和她相似的女人的口臭离我这么近。我不想吃饼干。我不想听更多关于我的未来的预测。我不想分享她的坚强，更不希望被她视为同类。我的痛苦是我独有的，唯一能够用于它的测量单位是所有那些构成了我们相处方式的亲密关系。我爱他的方式，他爱我的方式。是什么独一无二的原因让我们不再是过去的我们，因此，我又会用什么独一无二的方式为之哀悼。

毫无疑问，父亲意识到了那个场景对我有多大影响。当天晚上，我窝在无花果树下的吊床里时，他从屋里出来陪我，他关掉门廊的灯，要我把注意力集中在感官上。在塞尔瓦德玛尔的村庄，这栋我父亲努力攒钱、满怀自豪买下的房子里，不规则的石墙上覆盖着小花园中生长的洋常春藤，与石墙交界的是一片树林，也是村庄的边界。当你静默不语，许多混杂在一起的声音就会立即涌现：蟋蟀的叫声、飞蛾和蚊子的嗡嗡声、微风吹动树叶的哗哗声、穿过小镇的溪水的潺潺声、某只蝙蝠的振翅声，以及非常偶尔才能听到的某只猫头鹰威严的鸣叫声。十五天里，我只听到过三次而已。父亲说很难看到这只猫头鹰的踪影，他来这座房子避暑这么多年，只有寥寥几次瞥见它飞入高空的身影。父亲是不喜欢猫头鹰的，他说，在古代的思想体系中，猫头鹰是地狱、现世和天国这三个世界的连接物。按他的说法，在古埃及人、凯尔特人和印度人眼中，猫头鹰是一种保护死者灵魂的图腾。他说到"死者"这个词时，略微低下头，把手插进口袋。我劝他不要继续说下去了，尽管再有几个月我就要四十三岁了，毛罗的死还是让我变得越来越胆小，那些神秘的说法让我觉得不安。父亲笑了，他抬起手臂揽着我，让我离他近一些。

"好啦，葆拉。换个角度想。猫头鹰也属于月亮，它是秘密和预兆的使者。你可以这样看待它：它会带来智慧、自由和改变。"

然后他吻了我的头发，跟我道了晚安。我被他动作中的情感征服了，什么话都说不出来，只是握住了他的手。

繁星密布的漆黑夜空以自身重量凌驾于我之上，那是所有我不识得的、不属于我的事物的无限重量。我是不相信这些东西的，在逻辑和科学的世界里我感觉更安全，然而直到几天之后，爸爸的话依然在我耳边回荡，甚至让我感到不安。我理所当然地以为，在我的沉默下，毛罗的灵魂已经受到保护。不管怎么说，如果说要分派图腾，我才是需要被图腾保护、激励继续前行的那个，但爸爸的话一直在我耳边回荡。

死亡让我愤怒。自从他不在了以后，死亡让我感到恼火，死亡的蛮横和无耻、死亡对毛罗的包庇、死亡的过分活跃，都让我愤怒。

我把露台的门打开，想要看看风景，消除脑海中来自小镇的某些影响情绪的画面，但8月已经让景色大打折扣。

蕨类植物已经变为一堆叶片组成的棕色旋涡。百合花的白褪成暗黄。栀子花上爬满了蚜虫。地面上铺满干枯的落叶。我清点了一下，只有盆栽棕榈、金边吊兰和橘子树依然幸存。

"我们种几棵盆栽棕榈吧，葆拉。相信我，盆栽棕榈永远不会死。"

很久以前，面对空荡荡的房子，我们满怀期待地站在这里，心满意足地望着露台，上面的空间就像未来一样开阔，没有乌云遮挡视线。没有人告诉过我们他的盆栽棕榈能活下来，也没有人告诉过我现在的我不得不照顾他的植物。

"早上好，葆拉！"

从那辨识度极高的美国口音，我听出这是楼上邻居托马斯的声音。他从窗户探出头来，正在抽烟。

"你什么时候回来的？我都想你了！"

"十分钟前刚到，你看看它们，"我说着，把植物指给他看，"难道说在我外出期间，这里发生了核战争，而我被蒙在鼓里吗？"

"明年你可以让我帮你浇水。"

但是它们都是毛罗的植物，他从未拜托托马斯在夏天替他照料它们。尽管我有信心托马斯一定会像对待我一样认真而耐心地对待这些植物，但我还是不敢让他知道，是我忘了打开自动灌溉系统——我想起来这事儿的时候已经在高速公路上了，刚通过8月的星期五那长达数千米的拥堵路段，而我极不愿意走回头路。内心深处，我想的是：随它们去吧。但现在，我站在这儿，被枯萎凋零的植物包围着，我感觉自己很悲惨。我爱过的那个男人认为，我们只是这颗星球天地万物间的一部分，而动物王国以及植物世界，也值得得到与人类同等的关注。他说我们之所以存在是为了繁衍后代，就像猫、鲸鱼、细菌或者植物的繁衍一样。有天下午，也许那时候我们已经处于三角恋情中而我尚不自知，我记得我指责他，说他能以直觉觉察到一盆兰花缺水了，却觉察不到我对性爱的需求。他用受伤的目光望着我。我多希望自己能忘记那种目光，我多希望能撤回我们说过的某些话。

毛罗已经变成只有2.5千克的骨灰，再固执地认为他还存在于某个地方就显得很孩子气了。但倘若他，或者他所谓的灵魂依然存在于这颗星球的某个角落的话，大概就是在这里了，在这个露台上，在这片植物中。

"托马斯，请我吃晚饭好吗？我只剩下过期的酸奶了，所以随便吃什么都好。"

他扭头飞快地看了一眼他家的餐厅，低声跟我说他不是一个人。他朝我挤挤眼睛，抛来一个飞吻。

"最好是明天。很高兴见到你！①"

我似乎看到一个金发身影在他身后的阴影中走来走去。我终于

———————————————
① 原文为英语。

笑了。看来，地球上尚有生机存在。

　　我双手叉腰，评估了损失。我走到还活着的植物跟前，对它们嘟囔着："我不想让你们死掉，坏家伙们。我不是玛丽亚·肯·鲁维斯。我叫葆拉·希德，我是最擅长输送生命力的。"

《1984》。难以置信，这我知道，不过多亏了乔治·奥威尔，我才能在你去世的第一晚就解开了你的手机密码。谁知道是不是某次我看到了你输入密码，然后就无意识地记在脑子里了，但我情愿认为这一局我是有预见地赢了你。你和你的书都没有多特别，你意识到了吗？没有那么难。我第一次试的是你信用卡的密码。密码错误。我们在一起那么多年，同居生活中很重要的一点就是过分坦诚，互相踏足私密的领地，比如共用卫生间和信用卡。我们也通过时间培养出一种相当稳固的直觉，能下意识地采取正确的行动。最终，一切都以同样的方式，以直觉推断而出，一份坏心情或者一个PIN码①。

随后我想起来，某个星期天的餐后闲聊中，你和纳乔一直在批判一位英国作家新出的小说，你们出版社要翻译这本书。你们对这本书的期望值非常高，下了很大赌注，却惊诧于收到的文稿内容有多浅薄。你们甚至谈到有没有可能性征求出版者的同意，删减部分章节。懒散的周日下午和那瓶柑曼怡力娇酒麻醉了你们，你们开始发笑，说话拖起长腔。纳乔幽默地提议以更尖锐的方式回复，让作者温习一下乔治·奥威尔的"写作六规则"。与此同时，我和蒙茨在厨房里忙碌着，而我想在值班之前回家冲个澡。我觉得非常不舒服，慎重地拜托你们不要拖得太久。你点头答应了，几乎没有看我，也没有关心我是怎么了。你只是瞥了我一眼，脑子里还在思考要怎么回答朋友的问题。他激怒了你，他认为《1984》或许是对西方资本

---

① Personal Identification Number，指SIM卡的个人识别码。

主义最严厉的批判，但对他而言，那本书无论如何都不能算作奥威尔最优秀的作品。也许你不记得了，不是因为你死了，死去的人不会记事，而是因为有时候，在你活着的时候，假如有什么事让你燃起了热情，你就会对我视而不见，甚至让我走开，你只和你的交谈者以及你的利己主义待在一起。你没有听到我的恳求。所以我厌恶乔治·奥威尔，也许我也厌恶你。我跟你要来车钥匙，然后连道别都没有就离开了。回到家里，冲完澡，裹上浴巾，不顾还在滴水的头发，我走进你的办公室，从右上角撕下迈克尔·雷德福[①]的电影海报。《1984》。我一直觉得这部电影很恐怖。我离开时留下许多水渍，你到家的时候，水渍一定还没干，我也不善于销毁犯罪证据。

"1—9—8—4"，手指从屏幕滑过，你人生的幕布升起，或者说，是我未参与的你的人生。你要知道，葬礼结束之前我都不想去查你的短信，我觉得那是一种极度缺乏尊重的行为。而当我终于这样做了之后，我一点儿一点儿地读取，一方面怕看太多自己受不了，另一方面，能够假装窥探你的隐私会让我有一种你尚在人世的错觉。因此，那条"每回在头盘和主菜的空当跟你在餐馆洗手间偷欢都让我觉得自己年轻了十岁"，或者你向她下的指令——"今晚再穿一回那条风骚的绿色丁字裤吧，它撩得我头晕目眩，只要一想到它我就能亢奋一整天"让我没再读下去。我已经知道很多事情了。太多事情了。

但你去世那天晚上，空荡荡的厨房里，冰箱的噪声就像唯一能

---

① Michael Radford，电影《1984》的导演。

证明这一切都在真实发生的标志，我只读了一条信息，那是你和我吃完午餐、彻底击垮我之后，发给她的最后一条信息。安葬你之前我就知道了她的名字，我读到你写的最后两句话："我已经跟她摊牌了，卡拉。已经结束了。"

你去世之后，我觉得你是个软弱、没有主见的男人。

4

　　我到达的时候差一刻3点，马尔塔和瓦妮莎正面向更衣柜，笑呵呵地匆匆把隔离衣往身上套。

　　"下午好，姑娘们。我觉得今天的值班会很顺利的。"

　　她们立刻拉我汇入了她们的欢乐之河，告诉我瓦妮莎在奥尔塔街区住的那栋楼的底商新开了一家情趣用品店。她们想说服我找个下午陪她们一起去。瓦妮莎和马尔塔是我组里的住院医生，我很喜欢她们。我试过不要对她们投入太多喜爱之情，因为我知道她们几个月后就会离开我的小组，但是我没办法不喜欢她们。她们这么年轻，生活一片向好……

　　马尔塔转身确认了一下没人能看到她，然后解开衬衫向我们展示了她的新文胸。我们赞美说它简直棒极了，还做了各种热辣的点评。我其实觉得这个款式有点儿恶趣味且低俗，但我不会说出来。我感觉自己正在逐渐老去，跟她们混在一起，起码让我觉得自己还有一只脚站在年轻人的阵营中。然而她们二十七八岁的年华天真得冒泡，我马上就觉得年龄让我出局了。但是不论怎样我都想继续待在她们的阵营里。我无法控制自己不去欣赏马尔塔饱满挺立的乳房，她的库珀韧带①形态完美，我望着它们，仿佛某人望着自己恋慕的魅力四射的性感偶像。我几乎听不到她们的笑声了，因为基姆毫无征兆地浮现在我的脑海中，就像火花一样点燃了我的记忆。

他把食指伸到我文胸肩带下方，缓慢地滑动，滑过我肩侧圆润的轮廓。先是一边，然后是另一边。最近这些年，我只和毛罗在一起过。在他之前，我只有过几个为数不多的穿插在各种考试和解剖图之间短暂登场的前任。

基姆身上有着新鲜感和报复心交织的全新体验，但我把他打发走了，就像关掉水龙头一样简单粗暴地终止了我们的关系。在痛失伴侣仅仅四周后就出现的欢愉太令人畏惧，一旦结束就该守口如瓶。你必须用搓澡手套彻底搓洗身体，直到皮肤因疼痛和羞耻而变红，才能让刚刚发生在上面的事情消失。"离我远点儿，要不我们都会受伤"，似乎是我最容易说出的话。我不知道自己为什么还在期盼收到他的消息。如果我是他，我肯定永远不想再见到这个女人了。

"我说的有没有道理，葆拉？你来说，她不听我的！"

然而我不知道正在穿隔离服的马尔塔跟我说的是什么。我在交谈中的某个瞬间脱离了自己，此外，一种突如其来的坏情绪侵袭了我的身心。

桑蒂板着脸走进办公室时，她们两个都变得一本正经。马尔塔假装轻轻咳嗽起来，并且仔细扣好隔离衣的扣子，而瓦妮莎急忙锁

---

① 库珀韧带是乳腺腺叶间与皮肤垂直的纤维束，上连浅筋膜浅层，下连浅筋膜深层，对乳房起支持和固定作用，也称乳房悬韧带。

上她的更衣柜。

换班期间，我们围坐在圆桌边重新核对病人的清单，在桑蒂翻看检查记录时，我注视着他宽大的手掌。桑蒂顶着一头蓬乱的白发，仿佛冰岛羊蓬松的羊毛。他有一双祖父的手，大得不成比例，当他伸手靠近新生儿重症监护病房里那些婴儿小巧的身体时，那双手就更显巨大。我能想象他在家里用这双大手做细致家务活儿的样子，比如剥蒜、给他的孙女编非洲辫儿、用镊子拔掉眉心多余的四根眉毛或者是每天早上给自己打领带。我觉得那么瘦削的手指做这些事时一定磕磕绊绊的。突然间，我开始想象他把双手放在他妻子安娜·玛丽亚胸脯上的样子。我想象他们在床上，她盘着精致的发髻，涂着极具20世纪80年代气息的紫色眼影，而他则用那双猩猩似的大手掌控着盘坐在他身上的妻子的身体。他们还有性生活吗？人们有种刻板印象，或者说是根深蒂固的偏见，认为男人时刻想着性爱，而女人永远都不会，或者只是偶尔，但我会想象毛罗和卡拉，想象他们身体缠绕，生动而热烈。每当我想去窥探时，我就会忍着不适翻看他们的聊天记录，我已经能背下来了。如今他俩的性生活就是我的，只有在我想要的时候画面才会出现，而在我同情心泛滥的时候，我甚至会想象她失去毛罗是什么样的心情。我想象她坐在地板上，用剪刀把她那条风骚的绿色丁字裤剪成碎片，我心想："现在轮到你受苦了，美人儿。"恶意反弹在我的脸上，让我想到，我记得他们两个没有一起睡觉的准确天数，也记得自己最后一次和基姆在一起是多久之前。当我计算自己和毛罗还在一起却对彼此失去欲望有多久了的时候，痛苦击溃了我。空洞的性。所有没有被消耗的欲望会通往何处？它是否会像能量转化一样，从某种有用的形式转化为某种没什么用的形式？为了继续生活，还有什么比记忆中的欲望更管用？不信看看瓦妮莎和马尔塔，她们每天走进医院时都生机勃勃，引人注目，真正地闪亮登场。人们总是说，药物相对来说比较容易弄到手。在给某个幼小的婴儿静脉注射布洛芬时，我努力掩饰自己的兴趣。我侧目注视着这些婴儿，内心充满嫉妒，我无法鼓起足够的勇气询问他们，以我的情况如果也可以的话，我是否也能、怎样、从哪儿得到一针镇痛剂。一个人要怎样才能舍弃一切从而明白，与死亡最针锋相对的是欲望。幽灵们存在于我稀薄的大脑中。我尚需学习驯服它们。死亡迫使人们采取庄重、沉闷的态度，与之前对生活有意义的一切事物重新谈判，来适应如今的生活。

桑蒂发觉我在观察他的双手，瞪了我一眼。

"你有什么看法，希德大夫？"他不容置疑地问道。

我觉得自己像个挨了训的女学生，然而我不看桑蒂，而是望着在场的住院医生，努力用一种令人信服的表达方式说道："我觉得情况很明确了。马哈维尔已经有两周时间身体状态稳定，但我还是很担心他支气管肺发育不良的问题。现在我只能继续靠仪器帮助他维持呼吸，但会试着降低气压。"

我一脸傲然，努力换上坚定的目光，向他证明完全没必要再质疑我，一切尽在我的掌握之中，我并没有放松警惕。然而在我离开之前，他在走廊尽头那间窗户不透光的小办公室里叫住了我。桑蒂是位高个子老人，他在屋里时，这间小办公室显得更加局促。

"坐下，葆拉，坐下。"

"桑蒂，那个，马尔塔正在特殊护理室等我，我不想让她久等，因为……"他打断了我的话，把我消瘦的手拉过去，握在他巨大的双手之间。

"葆拉，近来一切安好吧？"

他的语气把我带回年少时学校的法语课堂上，让我想起课上两人一组大声朗读对话的场景。戏剧性的表达和夸张的语气把那些课堂会话变成了一出滑稽剧。

"您来点儿什么？"

"请给我一份沙拉和一瓶矿泉水。"

"这位先生呢？"

"我要一份三明治和一杯咖啡。谢谢。"

假如毛罗还活着，而别人问我近来如何的话，我只能像所有凡人一样回答："还凑合，你怎么样？"然后我们会换个话题，因为其实我们都知道，人们多少都猜得到，只要我们还活着，回答就会是"我很好"。我们知道它仅仅是个问题，是个引子，是语用学中用以开启一场对话的套路。然而毛罗已经不在了，人们期待我的回答能表现出我的脆弱，这样才会符合他们的预期。

"我挺好，你呢，最近怎么样？"

桑蒂抚慰的目光表明他不接受我的回答，他放松肩膀，仿佛想让我明白，我们之所以坐在这里是因为他担心我，他会做一个合格的倾听者。他没发觉，我把他这种举动解读为只顾履行自己职责的自私行为。他把善意变成一种雄心勃勃的自我欣赏。在内心深处，所有人都知道现在是什么局面，何必再问什么呢？当一个人失去了使自己举步维艰的伴侣，你若问她"近来一切安好吧？"绝对是非常荒谬的。

"现在你有什么打算？"毫无疑问，这才是一个更得体的问题。"葆拉，现在你有什么打算？"而我会回答"我不知道"。我现在只知道呼吸和工作。

"听着，葆拉。我们已经认识很多年了，我知道最近几个月发生的事对你影响很大。你的反应很正常。我知道你有多爱毛罗。你是个坚强的女人，会走出来的，还有你记住，如果你需要一些时间独处，这也是你的权利，我绝不会阻拦。你是团队中必不可少的医师，是最优秀的成员之一，但是凡事有轻重缓急，如果你需要休假，无论是为了你自己还是为了我们的团队，一定要提前告知。"

"我很好，桑蒂，我说真的。"

"葆拉，在我们看来，我们可以用沙子覆盖住那些孔洞，然后从上面走过，继续前行。花一些时间整理自己、战胜自我没什么可难为情的。"

我讨厌现在对话的节奏，就好像有一些在空气中飘浮的沉默间隔需要我应付过去。我要么现在站起来，要么陷入其中，尖叫或者呕吐。他怎么敢给我上课？死掉的人是毛罗，可我才是那个承受他的不幸的人。他死了，而我却得把自己重新拼装好，是这样吗？被劈腿、孑然一身，还要活下去把未尽的事情完成。

"桑蒂，我很感激你这么说，真的，但是我不需要休假。"

"很好，我相信你。但你可以再考虑一下，好吗？"

我站起身，把椅子推回原处，怒气冲冲地转身离开，没有看他一眼。人们为我的未来宣判的本事，使我意料之外地消沉。前来吊唁的预言家也该慢慢退场了。我非常欣赏桑蒂，甚至会说我爱他，就像对父亲或祖父的那种依恋，就像对智者的那种敬爱。这位智者曾教给我许多医学书籍中没有的奥秘。而现在，我恨他非要让我觉察到自己是如此脆弱，我恨他非要让我在工作场合因悲愤而哽咽，这里明明是唯一一个我相信会给我安全感的地方。"桑蒂，不论你多想左右我，在这里不行。"

值班过程很平静。昨晚出生的双胞胎状态良好，而我的小可怜马哈维尔一如既往地孱弱。他出生时体重只有500克，今天已经长到2100克了，他体内每根细小的血管都流淌着印度的血液。他在这里已经待了几个月，身体看起来终于适应了治疗手段，不过仍然需要吸氧。

然而，在这家医院当了三十多年护士的皮莉，每次打开暖箱照顾马哈维尔时，都会拉长着脸。

"葆拉，这个孩子……"

这天晚上，她边说边摇着头做出一脸怪相，以加重语气。

"皮莉，可以请你帮我一个忙吗？"

"当然了，孩子，你说吧。"她没有看我，双手仍然伸在暖箱的舷窗内熟练地换着尿布。

"你能不能别当着马哈维尔或者这里其他婴儿的面说消极的话？"

她惊讶地转过身，瞪大眼睛看了我好几秒，然后继续回过头对着暖箱工作。她感觉自己受到了冒犯，什么话也没说，然而手法一如既往地无可挑剔。我在这一刻感到懊悔，因为皮莉是一位非常专业的护士，她很喜欢孩子们。我知道如果她觉得哪个孩子前景堪忧，通常也都是对的，正因如此我才无法忍受她这么说。我不知道该如何对皮莉解释马哈维尔对我来说很重要；不知道如何说他母亲邀请我远赴班加罗尔旅行，并跟我讲起那里的故事，让我觉得她温柔可爱；不知道如何说她答应我，假如有一天我去印度旅行，他们会像接待女王一样接待我。或许是因为我的旅行计划止于空想阶段，所以我紧紧抓住这种可能性和这场彩色之旅给予我的微弱幻想不放。我不知道该怎么跟皮莉解释事情有时候有多奇怪，我反复思索，有时候两个不相干的因素完全可以因为某种偶然形式永远联系在一起。这就是在我身上真实发生的事情，和皮莉没有关系，是我对马哈维尔的母亲住进医院的那个日子有执念。那天离马哈维尔出生还远，他的到来还只是产科医生和新生儿专家们明确而正式的通知。毛罗就是在那天去世的。

"皮莉。"

我碰了碰她的肩膀，但是她没有动。我又拍了拍她，她依然没有反应。她是我认识的最倔强、最骄傲的女人之一。

"马哈维尔，亲爱的，你能不能把所有的管子摘掉一秒钟，告诉皮莉让她原谅我？"

皮莉从容地关掉暖箱的小窗，转过身，脸上带着狡黠的笑容。她的腰肢宽大，有很多赘肉，很容易让人联想到九百年代派①雕塑或大地母亲的形象，你每个夜晚都会拥抱着入睡的那种。

"抱歉，我不知道我怎么了。"我真诚地对她说。

她轻轻拍了拍我的背，拿着尿布和奶瓶走开了，嘴里嘀咕道："我的祖母总是说，当厄运坏到一定份儿上，你都能预见它的到来。既然无法避免，不如乐观面对。"

---

① Movimiento del Novecentismo，20世纪初西班牙文学艺术领域发起的一次美学运动。

5

基姆像一阵龙卷风一般闯入了我的生活。

"我刚刚听到你打电话，说的语言我能听懂。你好，我叫基姆。"

机场，蓝色的霓虹灯照亮了吧台边缘，让我想到了新生儿重症监护病房新到的那批暖箱，里面的加热源也有这样的光效。暖箱的设定温度是32摄氏度，这样才能确保新生儿的体温保持在36~37摄氏度，并保证稳定的湿度。病房所有暖箱中，我偏爱最旧的那一个。伦敦，我这么称呼它。它是我的伦敦，包裹在重重雾气中的伦敦。新暖箱都是做工精良的外星飞船，表面泛着蓝色的星光，然而对我而言，它们缺少令人怀念的雾气，缺少雾气在暖箱壁上凝结而成的小水珠。我的客观思维还停留在会议中，基姆的意外闯入打断了我的思绪。那时我还没意识到，从那一刻起，他将打破多年来指引我前行的公正。我的公正只是基于经验、对事实的观察和纯粹的实践形成的，而仅仅是我们的相遇和因此留下的回忆，就把我侵蚀得如遗忘之水中随波逐流的石块，我也强迫他如此，而他似乎已经翻篇儿了。

阿姆斯特丹机场瘫痪了。欧洲北部连续几天大雪，大量航班取消，大多数旅客不得不在机场过夜。航站楼里的广告牌上的白沙滩和热带雨林装点着这个地方，时间仿佛被冻结在一个充满嘲讽的四维空间。

我的心情很混乱，一方面因为航班被取消，以及由两天的会议积攒的疲惫；另一方面，尽管不愿承认，但一想到无论全世界的航班是否准点，等我回到家，纳乔肯定已经带走了毛罗的最后两箱物品，我就很不安。他的那些书和植物就像是在进行有丝分裂的孢子一样，在那个曾经是我们的家的地方永无休止地繁殖，散播在每个角落。

"葆拉，你真的要把它们留给我吗？"

我以几乎听不见的语调做了肯定的回答。

我在最后的几个箱子里还装了一些园艺工具，包括已经完全贴合他手型的园艺手套和那个金属喷壶。它们曾经被我堆在门口一侧，因为我的实用主义原则让我想象不出它们还能被放在哪里。车祸的第二天纳乔来过一次，搬走了大部分属于毛罗的物品。我告诉他，他可以随意处置那些东西，还请他转告毛罗的父母和姐姐，我这里已经没有他的物品了，如果他们要找什么东西可以联系纳乔。纳乔是唯一一个知道卡拉的事情的人，所以他没有勇气质疑我的任何决定。

"葆拉，他们会觉得很奇怪的。"他仅仅补充了这么一句。

然而对我来说，一切都不重要了，我把他的家人视作一个整体，一池死水，杂草的根须深深扎入池底。在我看来，把我生命中的他全部清空是唯一一个能为我注入空气的方法。我要淹死了。痛苦淹没了我。那时我还不知道，我将毛罗的旧物装满多少纸箱并不重要，我坚持搜寻毛罗的痕迹也不重要，无论是一张电影票还是一把刮胡刀。那时我还不知道，无论我多努力，无论他的痕迹被消除得多干净，他总会栖居在我意想不到的地方，无论是身后和我一同转过街角的人身上偶然飘来的味道，还是谈话节目上某位嘉宾在讨论中局促地扶眼镜的手势。他的无线电波沿着一张结实的网传播，试图让我明白，他活过的四十三年中有很多时间都是在这个我们曾称之为"家"的空间、在我的身旁度过的。

我没有告诉纳乔，我留下了那副塑料镜框的备用眼镜。"深哈瓦那色。"毛罗头一次戴这副眼镜时这样宣称，把我逗得哈哈大笑。"深哈瓦那色是什么颜色？""深哈瓦那色就是这种栗色。""这就是寻常的栗色啊。""不是的，这是深哈瓦那色，葆拉，我发誓。"然后我们拥抱在一起，我对他说："无所谓了，它非常适合你。"我依然能感受到那个拥抱的温度和他身上干净的气味，即使经过了一整天的工作，食物和接连不断的会议侵袭了他的棉质衬衫，它散发的依然是一个指甲修剪整齐的清爽男士的气息。是有生命的男人气息。我还保留了他所有的便笺本和那件在雷克雅未克买的绿色羊毛衫。我想："葆拉，或许有一天你会想拥抱他。"那件毛衣依然在抽屉里，旁边放的是他的身份证、黄色封面的国际疫苗接种证明，还有他在最后的旅行中没有用到的护照。

一个月过去了，那两个纸箱依然在门厅摆着。它们总是激怒我。

只要看一眼我就会觉得恼火。爱和恨有时候会融合成同一个球体，就像是一滴滴水银，沉重、含毒，然而又奇怪地令人怀念。这就是我恼火的原因——尽管发生了这一切，我依然怀念。剩下的两个纸箱是思念最后的锚点，植物和文学书籍组成的小小纪念。

　　基姆在机场嘈杂的环境里报上了他的名字，然后伸出手想和我握手。我盯着他的手看了片刻，没有理解。原来真的有人行事作风随心所欲。一个陌生男人可以突然从拥挤的机场酒吧吧台边冒出来，跟一个刚在电话上取消了工作会议的沮丧女人搭讪。

　　"葆拉。"我回答道。我是如何调节语调进入游戏状态的呢？

　　他笑起来，脸上浮现出酒窝。

　　"我不信。你长得不像葆拉。"

　　"啊？不像吗？你恰恰相反，你长得非常像基姆。"作为一个新手，我感觉自己表现得相当好。

　　他笑了，看了眼我杯子里还没动过的咖啡。他用手指指着它，皱起眉。

　　"你还要喝这个吗？我正打算点杯酒。你也来一杯吗？"

　　我耸耸肩膀。

　　"这种酒请来两杯，谢谢。"他指着酒水单对酒保说。

　　"先生，您说什么？"[1]

---

[1] 原文为英语。

基姆扮了个鬼脸，睁大眼睛表示自己搞混了语言，然后重新用鼻音很重的英语点了酒。我忍不住笑了一声，我认为这是自己身体镇定下来了的信号。他跟我聊起葡萄酒和酒庄，聊起在不同土壤里生长的葡萄和原产地命名，而我在暗暗核计假如上午10点前能抵达巴塞罗那的话，值班前我还能睡几个小时。我突然觉得他很无趣。太装腔作势、太做作、太随便。我不假思索地打断了他，放了一点儿钱在吧台上。

　　"我得走了。我有一通电话要打。很高兴认识你，先这样吧。"

　　他只是点了点头当作告别，一脸失望的表情抹去了这场游戏要求他演出的虚情假意，直到这时我才看清不带滤镜的他：两颊各有一个酒窝，一双带着笑意的黑眼睛闪烁着一千种可能性。尽管我举止唐突，他的眼睛还在邀请我留下来找点儿乐子。那时我想起了卡拉，想起了我发现的她和毛罗最早的聊天记录的头几句话，聊天中体现出的征服欲、过于别有用心的香水、嚣张的口红、心窝处放纵的挠痒以及无所不及、充满活力的自由，甚至是为他解领带结，或者一边帮他拂掉沾在嘴角的面包屑，一边决定要不要把做多了的汤冷藏起来这种曾只属于我的、最琐碎、最日常的小事。那些曾是属于我的，一想到这里，我体内的某样东西就被激活了，陌生人的邀约产生的力量拖住了我，于是他没让我再说下去，再次发起攻势。

　　"如果我不聊葡萄酒了，你能留下吗，哪怕就一会儿？"

　　我们喝了更多的葡萄酒，窗外大雪纷飞。雪片逆着路灯的光倾斜着落下。被困在航站楼里，给我一种身处摇晃的水晶球中的感觉。

我一直很想要一个水晶球，但从来没拥有过。它不是那种当别人问你需要什么时，你敢于开口索要的东西。我对基姆说我的脑袋开始眩晕了，仿佛有人正在疯狂摇晃水晶球。

"我要去一下洗手间。你值得信任吗？我可以把东西放在你这里吗？你会偷走我的东西然后跑掉吗？"过了一会儿，我欢快地问他。

"放心吧，我在这儿等你。好了，快，去吧！"他用一种精于算计的表情望着我。他在审视我，那时他已经想清楚，我消瘦的身材、藏着他不知道的心事的疲倦脸庞以及酒精作用下的荒谬举止是否符合他的胃口。

"在飞行中请保管好您的个人物品。"[①]我摇摇晃晃地开玩笑。

他笑了，很平和的那种。我已经完全喝醉了。仅仅三杯红酒就让我的严谨和认真烟消云散，一种兴奋和陶醉交织的情绪掌控了我。我在洗手间洗了脸，感受到一种令人愉悦的眩晕感、欣喜雀跃，但是我不敢看镜子中的自己。我不想看见自己，甚至不想看见自己眼底的黑眼圈；我不想知道关于自己的任何事，也不想看到仿佛准许我休战的眼底的阴影。

那两个纸箱应该已经不在房子门口了，说不定卡拉已经跟纳乔要了衣服，比如某条围巾，总之随便什么还留有我男人痕迹的物品——不是她的男人，因此，我从未体验过的那个游戏的邀约在我看来成了一场绝妙的复仇。我避开镜子中自己的影像，梳了头发又补了妆。酒精负责指挥我四肢的动作。一位年长女性从旁边的厕所

———————————
① 原文为英语。

隔间走出来，脸上挂着旅途的疲惫，脚上穿着雪地棉靴。她在旁边洗手的时候狠狠地看着我，或者只是在我看来她是这样看我的，大概我在提前惩罚自己。她拖拉着那双熊掌似的脚走远了，边走边用我听不懂的语言嘟囔着什么。

我回到酒吧时，基姆还在那儿。

"拿着，给你的。一个纪念品。"

他递给我一个阿姆斯特丹机场的塑料包装袋，里面装着一个小包裹。

惊喜之下，随之而来的羞怯感在我体内涌现，削弱了一点儿酒精的效果。

"可是，为什么呢？"

"别说话，把它打开。"

我不敢看他，小心翼翼地把那个小包裹从袋子里取出来。包裹里是一个水晶球，里面是雪人，底座上有一张贴歪的贴纸，用大写字母写着"阿姆斯特丹"。它做工有些粗糙，原料都很廉价，颜料太闪亮了。水晶球里的雪人笑容颓废又悲伤，感染了我的情绪，而且，里面的假雪花并不是我渴望的水晶球里那种飘落得缓慢而优雅的雪花。它是我梦想中的礼物的粗糙版本。然而我不得不看着基姆的眼睛，表示感谢。

"我很感动。"[1]我撒谎了。

我摇了几下水晶球，我们一起看着雪花飘落下来。

---

[1] 原文为法语。

"再喝最后一杯，然后我就让你自己静一静，好吗？"我恳求道。我突然希望简单直接地得到他。

他告诉我他是个木匠，不过在这个世界上他最喜欢做的事是烹饪。我回答说我是个新生儿科医师，而在这个世界上我最喜欢做的事就是当一个新生儿科医师。

"我从来没跟救治婴儿的专家喝过酒。"

"我也从来没想过跟做桌子和椅子的人发生关系。"

他睁大了眼睛望着我，身子稍往后倾了一下，吃惊而愉悦。我替他达成了目的。

就我而言，我简直不敢相信自己竟然对一个陌生人说出了那样的想法。我为自己感到高兴。我不曾意识到的积攒在自己胸口的压力骤然减轻了。我敢肯定我脸红了，我盯着自己的鞋尖，想掩饰自己的无措。他捏住我的下巴，把我的头抬起来。

"我们走吧？"

等计程车的旅客排着长长的队，这显然是不可行了。借着酒劲的短暂冲动，等回过神来我们已经搭上了一辆面包车，驾车的是两个意大利人，那天早上刚刚结婚，正在阿姆斯特丹度蜜月。交通状况一塌糊涂，车开得很慢。街道两旁堆积着脏雪，不远处停着一辆警车，警灯的蓝光把整个车身映照在一种充满预兆的状态中，让那个场景看起来不太真实。其中一个意大利人坚持说我长得像劳拉·安托内利，基姆在谷歌上搜到了这个女演员，也点头表示认同。他又看了看我，温柔地笑起来。一边一个酒窝，他从容不迫，而我因为寒冷和紧张在颤抖。死掉的毛罗，孤身一人的卡拉，房子外面的纸箱。

两个意大利人把我们捎到机场旁边的一家酒店，基姆给了他们一点儿钱。一切都很怪异，就像梦境中的记忆碎片。跟他们道别时，我们互相拥抱，仿佛已经认识了一辈子那么久。面包车越开越远，留下一条并不存在的幸福的尾烟。雪还在不停地下，飘落在我们头上，遮盖住一切，机场、阿姆斯特丹、荷兰、北欧，以及刚刚开辟的我的宇宙。

是基姆去前台办的手续。他要走了我的登机牌。"航空公司会负担费用。"他开心地说。我把登机牌递给他时，他用手指肚蹭了蹭我的手。

"葆拉，你的手都冻僵了。给我几秒钟，我会让你的手暖和起来的。"

他冲我挤挤眼睛，笑得若有所指。

他的嘴唇红润发亮，而我当时已经不想进行下去了。我把一绺头发别到耳后，再次戴上了手套，我不知道该把手放在哪里，也不知道要如何进行这场新鲜感急速降低的游戏。意料之外，我突然想起了爸爸，想起了我晚归时以及头几次夜不归宿时他给我的忠告。通常在第二天早上我们共进早餐时，爸爸会非常缓慢地把黄油抹在吐司上，那种镇定让我自乱阵脚。他不会问我晚上过得怎么样，而是会用一种百科全书式的语气讲起两性关系及其对我这个年纪会造成什么后果，但是他从不指责我，他只会鼓励我提出自己的疑问，同时一再提醒我要选择尊重我意愿的伙伴。我从没有向爸爸问过问题。我对妈妈的了解不够，但是直觉告诉我，没有妈妈的存在，这种对话所需要的女性共情也随之消失，因此我与父亲的那些对话总是以失败告终。好在有图书馆，而且学校里有比我脸皮厚的女同学，她们足以解答我的困惑，足以让我从那时起，带着一如既往的孤独感迈入成年人的世界。

身处一场任性的冒险，我却在这个场合分心，以如此具体的方式回忆爸爸。这是一种幼稚且不合时宜的想法，只会让局面更古怪。有个谴责的声音在不断回响："葆拉，毛罗去世还不到一个月。"而当我想到一个月的时间，就仿佛看到一页月历，它被划分为四个星期，上面用红色标记出月相和法定假期。我的胃突然一阵痉挛，我想夺门而出，有一种做错事情的负罪感。

我看着前台的女孩把房卡交给了基姆，他看上去愉悦又放松。女孩的视线从柜台上抬起，仅仅一瞬间，一个偶然的扫视，但她的目光落在了我身上。我有种感觉，好像不仅所有人都在看我，而且他们都对我接下来要做的事情的每个细节了然于心。

我深吸一口气，然后发现自己正往酒店大堂的旋转门走去，我试图说服自己即将发生的事情是我所期待的。我就像在门边扎了根一样，手套上冰冷的雪花一点点融化，浸湿了羊毛的纹理，接触到我的皮肤。葡萄酒的作用几乎已经无影无踪了。我开始怀疑我片刻之前展示的勇气，这时基姆用手势告诉我，我们已经可以上楼了。

我们乘上电梯，狭小的空间中笼罩着无用的寂静。他把手伸向我。一只新的手，厚实而粗糙。因为木头，我这样想。我对木头一无所知。我乘电梯到达一个酒店房间，手被一个我只知道名字的木匠拉着。

我们走进房间，粗麻地毯吞噬掉了我们有些害羞的脚步声。那是一个标准间，有着所有标准酒店的标准间应有的标准声音和气味，与此同时，仅仅是待在这个空间中这件事，就已经足够不寻常到能提醒我接下来要发生什么。

基姆把窗帘拉开一点儿，向外望去。

"你不觉得雪越下越大了吗？真酷，对吧？"

"明早我最晚10点钟要到达巴塞罗那。"

我把水晶球放到床头柜上，然后，在雪人的目光再次挑衅我之前，或者趁"真酷"①这样的词让我想扭头走掉之前，我走到基姆跟前，咬住了他的下唇。他推开我些许，把食指放到我的嘴唇上，开始描绘我嘴唇的轮廓。

"我不只是做桌子和椅子。"

"什么？"我茫然地问道。

"我和一个建筑师合作开发可持续住宅。我负责做木结构。"

我胡乱点点头，用目光恳请他别再说话，或者马上开始。

我们急切地脱下衣服，呼吸急促，他的呼吸渴望着我，而我的呼吸是愤怒的——因为毛罗和那两个纸箱，也因为他的死和该死的

---

① 前文基姆说的"真酷"用的是"molar"这个词，这是一个青少年惯用的表达，成年人很少使用。

被取消的航班。我尽量不去仔细看这具陌生的身体，然而随着他的身躯逐渐展现，我不可避免地用他作比较。我很讨厌向自己宣布我找到了一个更强壮、更结实的男人，他似乎完全习惯裸露身体，或者更确切一点儿，习惯炫耀自己的身材。我用手指描摹他长期健身塑造出的精练身形，惊讶地发现自己在享受某些我一向觉得肤浅和次要的东西。他抛弃了我，更有甚者，他死了。我倒要看看我是不是不配接触更黝黑的皮肤，与更顽皮的舌尖嬉戏或者感受更大的刺激。当我越想到那些可怕的事才过去四个星期、那张日历刺进了皮肤里，我就越颤抖。我被点燃了，甚至没办法停下来辨认他右臂肱二头肌上的文身，也无法判断我是否喜欢他脱过毛的躯体。我觉察到基姆明显的亢奋，就在那一刻我允许自己放开束缚。他是一项奖励，一具鲜活的身体，我觉得我值得拥有他，即使我是带着怒火把自己交给他。

倭黑猩猩之间有滥交的现象。它们的性行为通常持续10秒钟左右。性行为能使倭黑猩猩彼此换位思考。它们的性行为不是由高潮驱使的，也不是为了寻求释放，有时候甚至也不是为了繁衍后代。对倭黑猩猩来说，性是随机的、随便的，和其他社交互动没什么两样。性行为能够取代攻击性，促进交流，还对安抚紧张情绪、修复关系有积极作用。

"你在想什么，长得不像葆拉的葆拉？"

我们躺在被子里，头发凌乱、目光茫然，他摩挲着我的脸颊这样问道。

"什么也没想。"

房间里的空气闻起来很浑浊，而窗外依然在下雪。

即使是令人消沉的殡葬行业也有它的滑稽性存在。否则，你要如何面对一整个目录的不同款式的骨灰盒，甚至有供环保人士使用的可降解版本？

在选骨灰盒之前，我们还要先确定，是要普通骨灰，还是"白雪的质地"的那种。我是和你姐姐一起去的。你知道的，我一向不太受得了她。她就是你那圣洁高尚的母亲的精致版。但是她提出让我陪她，我就陪她去了。她脸上挂着如此符合她的现实态度，所以你不要以为她是需要我，而我答应陪她去是因为我依然爱着你。工作人员问我们要选什么样的骨灰时，我除了微笑想不出还能有什么反应。这是一个反射行为，是神经系统出了差错。其实我整个人非常痛苦，现在只要一想到那个时候我依然很痛苦，但那时我却不由自主地笑了。你的姐姐迷惑地望着我。我向这个身穿灰色正装的男士咨询这两种有什么区别，然后远在他来得及回答之前，我举起手打断了他。选普通的。我下了定论。

过了几天，在体验过人类骨灰——你的骨灰的刺激气味后，我很庆幸没有为你选择"白雪的质地"的那种。这样，雪花在嘴里永远会是纯净的、冰冻的水的味道。你记得吗？有一次圣周，在瀑布旁边，你嘴里塞满白雪亲吻我，两天后你得了咽峡炎。我发了很大的火，已经记不得原因了。因为你高烧卧床，我们原本要去某个地方的计划泡汤了。有时候我对你很过分，故意对你很残忍。我不知道我为什么会这样做，我猜在共同生活的那些年里，越来越多的让步最终把我们都变坏了一点儿。

白雪的质地。为什么人们要固执地去美化像死亡这样丑陋的东西？

6

在小范围内，打击以一系列在心中求证过太多次的事实开始，以至于现在读的时候仿佛在研究一份警方报告的细枝末节。警方报告需要有叙事顺序，避免省略导致的漏洞①。漏洞是最糟的。它们夺走我清晨的睡梦，把睡意困在湖底浑浊的水中。

公正对于这份报告也很重要：白人女性，四十二岁，居住在巴塞罗那，没有前科，在一尘不染的厨房中静默地剥着一个橘子，她试着不让一圈一圈的橘子皮断开。她爸爸也总是这么做。当她还很小的时候，爸爸告诉她，假如橘子皮从中间断开，她就永远不会嫁人，而她在内心深处想的是，如果橘子皮不断开，妈妈就会回来的。现在她已经长大成人，目光迷茫，她知道橘子最多只能为她提供维生素C。她把嘴里的橘子瓣从一侧挪到另一侧，思考有没有必要现在就买一台那么大的洗碗机，甚至在思考洗碗机本身是不是必要。她还考虑以自己目前的胃口，是否还需要这么大尺寸的厨房。她想着，并不知道与此同时，那个几小时前和她一起吃午饭的男人，那

---

① 此处为双关语，原文为"laguna"一词，既有湖泊的含义，又可指漏洞或欠缺。

个刚对她宣称"对不起，但是我们必须做决定了，葆拉，我们之间很久以前就已经行不通了，我有了另一个人，我最好搬走"的男人，那个她无比诧异地望着的男人，很快就会在医院离世。

电话响了。

外套挂在玄关。

现在是2月。

巴塞罗那的寒冷和潮湿使她的手指泛黄。

下午的高峰时段。

出租车。又是黄色的，从现在开始是黑色了。

射出的两颗子弹几乎没有时间差：死亡和谎言。

我感到子弹还在我体内，它们带来的痛楚把毛罗变成一位圣人或者一个叛徒，结果取决于哪颗子弹的威力加剧。

电话在我包里响了，我以为会是他。几小时前我们分开时很不愉快。我一边任由铃声继续响着，一边不知所措地吃着橘子。橘子汁滴到我手腕上。我们在海滩旁的餐馆时，他已经把一切都告诉我了，我的嘴巴因痛苦而干涩，声音因惊诧而粗砺。生活在一座有海的城市会戏剧性地美化在这里发生的悲剧，然而当他说起一个又一个话题时，大海什么都没做，什么都没有改变。海浪依然会逼近岸边，就像一件夏季的荷叶边白裙子，遮住小麦色的腿。无动于衷的、贫瘠的美，在我身边也不会黯然失色。

橘子的酸味帮我恢复了活力，我开始整理思绪。电话还在响，我打算对他说别再执迷不悟了，已经太晚了。铃声是那么刺耳，有时候我觉得自己内心深处已经预料到，当我拿起电话，另一端的人会告诉我毛罗去世了。就仿佛这是我秘密策划的结局。就好像全部令我口干舌燥的憎恨和狂怒杀死了他。

我翻了个白眼，厌倦了电话铃声，只好边叹气边在包里翻手机。看到屏幕上显示的是"纳乔"这个名字时，我有点儿惊讶，但我否认了其他可能，想象着一定是毛罗打电话给他最好的朋友让他来调停这个局面。我想："我们都是成年人了，蠢货，你怎么敢在这种事上利用朋友？"最终我还是愤怒地接了电话。我和毛罗在一起的岁月里，纳乔不曾缺席。他是我们日复一日生活的一部分。他的性格外向，说话总是带着讽刺。我和他保持着一种日常的近乎亲密的关系，作为我男朋友的朋友，我欣赏他，他就像是我家装潢的一部分，也是毛罗生活的一部分。他们是一家小型出版社的合伙人，眼下出版工作终于走上了正轨，而他俩的友谊开始的时候，他们还只是没想到自己有一天也会长大的毛头小子。因为经常一起出去吃晚饭或者偶尔周末相聚，所以我常常被迫和他的女朋友相处。她让我有点儿不舒服。对我来说，结交自己圈子之外的新人是一种负担，我很难在其他人身上找到我和医院同事之间那种真实的连接感。我们一同遭受巨大的挫折，还一同庆祝胜利的喜悦，我们变成了盟友，共享一种独特的语言。

我一直不太清楚应该如何与纳乔的女友相处，也不知道应该和她聊什么。蒙特赛狂热地渴望成为一名母亲，这让我喘不上气来。她事无巨细地为我讲述她怀孕的过程，可对我来说她有点儿过于信任我了。我觉得我和她还没有要好到应该知道她受精的日子。毛罗本来希望我和蒙特赛能够互相理解一下，然而，我总是觉得勉强来的友谊太假了，所以我一直没有花很大力气来经营和她的关系。我真正欣赏的人是纳乔，而且我想不到有什么必要把他的女人也掺和进来。过了一段时间他们有了一对双胞胎，就这样每次聚会的间隔逐渐拉大，我们四个人不再频繁见面了。我更喜欢没有双胞胎和蒙特赛的纳乔，蒙特赛总是忽略我日日夜夜都扎在新生儿科病房里工作的事实，充满惊叹地给我讲述喂奶的体验有多特别。我更喜欢没有情侣间甜腻表现的纳乔。我喜欢作为独立个体的他，他在我们家四处晃悠，点亮我们庸常的生活，然后把我给他储备的啤酒都喝光。如果我给他买了手工啤酒，他就会在毛罗面前对我极尽溢美之词，他会说，幸运的家伙，葆拉值得用一个帝国去换，说他配不上我，所以我会寻觅小麦啤酒、黑啤，还有一些精酿、比利时的、酒精浓度最高的、苏格兰的，反复为他对比、研究，就像炫耀珠宝一样卖弄大麦和啤酒花。当我关照毛罗的朋友时，他会为我骄傲的，我喜欢这么去想。

"葆拉，你终于接电话了！"

"我什么也不想听，真的，纳乔。你可以告诉他不要再勉强你做这样的滑稽事了……关于他的事我一点儿也不想知道了。"

"葆拉，毛罗出车祸了。一辆汽车……他的自行车。你得马上到医院来。打辆车过来。10分钟内他就要进手术室了。我在门厅等你。"

"喂，你说什么？别闹了，他什么都告诉我了，我俩刚刚一起吃过饭。"我说道，我不慌不忙地发表着仓促准备的演讲，他说的话我一个词都没听懂。

"葆拉，毛罗出了车祸。你马上过来！"

是他先挂断了电话。随后我也放下了电话，惊慌失措。我对他有些恼火，因为他冲我大吼，还因为他提供的信息给了我沉重的打击。每当我向早产儿的父母解释孩子的状况不好时，我都是一点儿一点儿地把信息传达给他们的。你不能把坏消息一股脑儿地说出来。毕竟，虽然是等量的信息，还是应该掂量一下内容的分量，让对方能够接受。我当时想之后我会责怪他，告诉他以后别再这样吓唬人了。

我没穿外套就匆忙离开了家，2月的冷风给立在街上的我一个耳光，我又折回楼上取外套。无法连贯的词汇在我脑内即兴舞蹈："车祸""出租车""毛罗""自行车""手术室""快来""马上"。我从挂钩上取下外套，一把摔上门。我不想等电梯了，于是从楼梯跑下三层楼，我的鞋跟在地面上叩出一首两拍进行曲，非常适合阅兵式的节奏。

与时间对抗的战争已经开始了。我计算了无数次回去取外套耽误了多少分钟。他去世的第一周，我手里攥着秒表重新演练了几遍那个场景，每次掐出的时间都是2分7秒又零点几秒，小数点后的数字每次都不一样，这取决于我把钥匙塞进锁眼的速度。父亲吓坏了，命令我不许再这样做。然而计时对我有帮助。不同于其他东西，计时是有用途、有理由、有目的的，它符合我为了感受自己的过错而制定的一套方法论和工作方案，计时使我能停留在这场巨变的前一刻。我喜欢那一刻。我渴望回到那一刻，停留在那一刻。那时我们在海边，尽管像已经分手了一样，但至少我会是一个活生生的男人的前任。我想不出别的让时间倒退的办法。

警察报告要写完整，要有主干。那是个星期三，孩子们兴高采烈地叫嚷着从学校出来，尖叫声让我颤抖。而对我的痛苦一无所知的家长们，会到分布在城市各处的校区接孩子，过大的车辆在人行道上停满两排，打着双闪车灯，让出租车司机诅咒连连，原本就容易出状况的交通更糟了。孩子们裹挟着大香肠、花露水和橘子的香气从学校出来，与此同时，暗淡的残阳在巴塞罗那缓缓落下。就在同一刻，毛罗勾勒完了他人生肖像的最后几笔：因为创伤、昏迷和心脏骤停导致颅内压过高。已经没必要进手术室了。

人类从出生到死亡一直在互相打分。我们给学到的知识打分，给我们欣赏的瞳孔颜色打分，给我们摸到的臀部打分，给我们住的房子打分，给我们旅行过的国家打分。我们需要打分。车祸后过一段时间去世，在多创伤病患的初步评估中被称为"第二高峰"[①]，车祸

---

① 创伤导致死亡分为三个高峰时段：第一个高峰：发生在创伤后几秒到几分钟，通常是由脑干、心脏、大动脉和大血管撕裂所致，没有拖延的余地。第二个高峰：创伤后几十分钟到几小时死亡，主要由血气胸、肝脾破裂、骨盆骨折等导致。这段时间对普外科医生非常重要，也可以称为抢救的"黄金时间"。第三个高峰：创伤后几天，主要由败血症和多器官功能衰竭所致。

致死的病例中有30%的死亡发生在这个阶段。那天早上我刚给一个新生儿做过阿普加测试^①，给他打了8分以上，是一个健康的男婴，胖嘟嘟的，头上长满胎毛。同一天下午，在另一家医院，一个被小胡子遮住了嘴巴的医生，在收治毛罗时，带着一种我觉得并不适合用来迎接死亡的滑稽表情，给他的头颈部、腹部、腰椎和骨盆都打了5分。5分，在他的打分系统中，意味着情况危急，无法确保存活。

当我赶到医院时，情况已经非常明确：他死了。

"一切都非常快。"医生告诉我们。纳乔握着我的手，他没有控制力道，攥得非常紧。这就好像在听一首耳熟能详的歌曲的副歌，我们等待着熟悉的下一句："我们已经尽了全力。很抱歉。"

纳乔和毛罗是在出版社门口分开的。我专注地听纳乔讲述，留意是否还有需要我修改的故事情节。他一边讲一边无休止地抖动他的右腿，使整排候诊室的椅子都在跟着抖。纳乔正要走进出版社的时候，毛罗在调整头盔。他按了按自行车的铃铛向自己的朋友兼合伙人示意，而后者现在眼睛睁得大大的，正跟我说话，不时小口啜着不记得什么人什么时候递给我们的塑料杯里的水。先是口干，然后是潮漉漉的恐惧感，悲伤的水流溢满胸腔。

---

① Apgar scale，主要用于新生儿生命体征测量，主要涉及肤色、心率、对刺激的反应、肌张力和呼吸五个方面的测量。最高为10分，表明新生儿非常健康；获0～3分的新生儿需要立即采取紧急措施抢救。

纳乔转过身也跟他告别。他说毛罗冲他笑了。几秒钟后，还没来得及关上屋门，他就听见了撞击声。那辆车是从左边冲出来的。它闯了红灯。纳乔斟酌着用几句话给我讲述了事情经过，我接受了他的说法，接受了这样的结局。我把他的话按照精准的叙事顺序和节奏记在心里，不过还有一些突兀的漏洞。有时候，当我无法入睡，我会一遍又一遍地还原那个场景，试图把漏洞填上。我较真儿的一面渴望知道一切，仿佛这是一项探索性研究：我渴望注视车祸发生时他周围那些不相关的情景；渴望知道周围还有没有别的人、他们在做什么、当自行车倒下时他们有什么反应；渴望知道毛罗有没有告诉他的朋友我已经知道了真相；渴望知道他们有没有说起他打算搬走的日期；渴望知道他有没有告诉纳乔我们在海边时，他试图安抚我而我拒绝回应他的拥抱。我想象着车祸发生时街上嘈杂的状态，因为我所知道的只有车铃声和撞击声。纳乔没有提到其他声音。笑容，不祥的声音，最后是在眼镜片脆弱的保护下，扎根在瞳孔中的惊恐。

　　候诊室里，我无法把目光从纳乔衬衫的一小块污渍上移开，那块污渍就像一扇通往恐惧的门，一个暗红色的小点，那种红毫无疑问是氧化了的血液的颜色。门完全打开了。来的是毛罗的父母和姐姐，我们本能地拥抱在一起。我们的头靠在一起，胳膊互相缠绕，环抱成一个圆圈。我一面支撑着他们抽泣的身躯、瘫软的双腿，一面又沉浸在自己的思绪中，不愿相信现实。我还闻到了算是我婆婆——毛罗母亲身上讨厌的香水味。我意识到他们在为儿子或者弟弟的死哭泣。在这种时刻，家庭成员之间的羁绊变得无比重要。母亲、父亲、姐姐。他家谱上的成员到齐了。

"毛罗·桑斯的家属在吗？"候诊室里的纳乔和我，以一套担惊受怕的编舞动作同时起立。但是现在同一棵树干上的其他树枝来了，它们沙沙作响，带着一种与我截然不同的痛苦。父亲的痛苦不同于母亲的痛苦，而母亲的痛苦又不同于姐姐的痛苦。同理可得，一个女人的痛苦和一个刚被抛弃的女人的痛苦也是不同的。

有些事情使我从现实中抽离，现实是如此残酷，使我无法哭泣，无法暴躁，无法发出毛罗母亲那种近似受伤动物号叫般的哭声，也无法发出毛罗父亲那种心碎的哭声。他父亲是一所遥远大学的教授，是地理与国土规划专业的博士，我跟他很难说上两句话，现在他哭得难以自抑。我没有力气再扶住他们很长时间了，但我无法逃开那些像爪子一样陷在我肩膀里的绝望手指，它们迫使我成为这个家庭的一部分。悲痛中的他们接纳我，给予我一座中央舞台，我还无法计算这座舞台在接下来的几个月中占据的分量。正是这些身不由己的决定提出了"我们是谁""我们会成为什么样的人"之类的问题。

白人女性，四十二岁，居住在巴塞罗那，没有前科，她不哭，不说话，思绪不清晰，她看到一个女孩走进候诊室。这一刻她只是觉得这个女孩又瘦又高，行走间带着舞蹈演员的优雅。从现在起，她会称这个女孩为舞蹈演员。她和我们所有人保持在一个谨慎的距离，左顾右盼，仿佛有人从不同的方向呼唤她。这时，没哭泣、没说话、思维不清晰的白人女性注意到舞蹈演员的美丽与写在所有困在候诊室里的人脸上的冰冷的挫败形成鲜明对比，最重要的是，舞蹈演员那令人艳羡的青春装点了我们。她整个人都在发光。又长又顺的黑发闪烁着光泽，没有染色的痕迹或者不自然的色彩，五官很和谐，还有令人羡慕的皮肤。她的皮肤没有任何衰败的迹象，时光对它格外偏爱，肤质干净，闪耀着迷人的光泽。舞蹈演员往两边张望，好像在找人，她用一只颤抖的手捂着嘴巴，另一只手紧紧抓着皮包柄。舞蹈演员开始被候诊室紧张绝望的气氛同化，然后纳乔喊道："卡拉！"

纳乔站起身，向她走去。他把双手放在她肩膀上，跟她说了什么。他唯一可能说的那件事。她弯下腰，仿佛她是橡胶做成的，然后跪下来，手提包落到地上。纳乔把她扶起来，把她带到这排扶手椅旁。我们两个并排坐着。她脸色苍白，嘴唇也变白了，用比外表更成熟的声音反复说："不可能，你在撒谎。告诉我他还没死。这是谎话，你在撒谎。"她看起来很无助。有什么东西促使我用一只胳膊环绕住她的背，给她递了一杯水。做这个举动的不是我，而是包裹在我身上的职业素养。

"葆拉，她就是卡拉。"纳乔沮丧地说。

我愤怒地瞪了他一眼，让他知道作为一个朋友他辜负了我，他避开了我的视线。

卡拉。名字的力量。卡拉是一个地方，一件事，一种可疑的香水，一个故事，一段苦涩的回忆，一声失声的笑声，一个或许一直存在于家中的疑问。卡拉是一个隐藏的世界。

她飞快地抬起头，切断了真理与谎言的颂歌。从她迅速的反应可以看出，她是知道我名字的。她颤抖着，用栗色的眼睛探究地望着我，咽了下口水。她还有口水。我试图不让自己脱离一个专业的医生的角色，那是我的保护壳。我给她一杯水，用充满同情的语调让她喝下，那是我用来和被痛苦折磨的婴儿父母说话时常用的语气，我会谨慎地斟酌开头几个词，用以打破等待最坏的结果时那种满怀敌意的沉寂。

我必须让她明白，毛罗一直有一个坚强的女人在他身边，她能够控制这样的局面，不会因为别人的出现而自乱阵脚。我想对毛罗控诉、吐口水，然而你没办法责备一个已故之人："你看我是怎么才能不让自己发疯？你看我们之间有什么问题吗？"可能有另一个人存在，我脑海中闪现过很多次这样的念头。然而，我觉得以这样一个老掉牙的话题和他探讨道德观念会让我显得很滑稽，甚至会把我变成一个脆弱可怜的人。

她又开始念叨这不可能是真的，用手蒙住了脸，无法平静下来。似乎我已经无法引起她的兴趣了，她不想知道更多关于我的事了。我觉得自己很可笑。

我才突然意识到刚发生的一切到底有多颠覆。毛罗再也不会回来了。

半梦半醒之间，我在医院的大厅里度过了一段好像不存在的时间，轻飘飘的几小时。我向惊惶不安地到达医院的亲戚问好，也向那些念叨着"这不可能"的人问好。那些词像霰弹一样，数日之后，灵堂、教堂、葬礼，在各种令人窒息的地方，它们仍在我的体内发生作用。

自行车。

信号灯。

四十三岁。

不可能。我仍然无法相信，葆拉。

真不幸。

好久不见了，葆拉。

我的天啊，葆拉，我很抱歉。

我和你一样难过。

你得好好照顾自己，听见没有？

向我表示哀悼时，有的人哭了。他们是向我表示哀悼。舞蹈演员在哪里？

警察报告应该很容易看懂。接下来写到了毛罗的姐姐出现在大厅里，手里攥着揉皱的纸巾，眼睛肿成一条缝，鼻子通红，一副神经衰弱的表情。在几天的时间里，我们所有人都是这副模样，我甚至浑身无力。白人女性，四十二岁，居住在巴塞罗那，没有前科，她希望与毛罗的姐姐离得越远越好，然而她父亲教育她应该把某些情绪保持在合理范围内，不要发表一些自由主义的言论。她父亲有架用来发泄情绪的钢琴，而她没有，所以她以只有自己知道的方式忍耐着。

"明天吧，葆拉，等我好一点儿了，如果你不介意的话，我给你打电话。"

"……"

"也许你知道些什么，说不定他哪次跟你提起过他希望被埋葬还是火化。他和我们从来没有讨论过这些东西。"

白人女性因为他姐姐使用的动词时态感到震惊。毛罗以一种空洞的方式成了过去式的一部分。

"不会太快了吗？"白人女性声音微弱地问道。

"你想说什么？"

然而她不知道该如何回答。太快接受他已经去世的事实，以至于已经在考虑葬礼的事宜。太快相信他已经不在人世。

从这天晚上开始，房子里到处都是阴影，是跟着我溜进家里的讨厌东西的影子，它粘在家具上、墙壁上、沙发的布料上，浸透房间门的球形把手、玄关的瓷碗、衣服、床单和牙刷。它附着在我的动作上、附着在镜子中我自己的面容上、咖啡壶上、新闻主播遥远的声音上、不停作响的电话上。有几天，毛罗的姐姐就像灼伤皮肤上的结痂一样如影随形。她令毛罗去世这件事越发沉重，这种负担感具象为一种怪异的形态，在屋子里填满了"讣告""灵堂""骨灰盒""花环""棺材""鲜花"这样的词语。鲜花。植物。鲜花。毛罗。我把失焦的目光投向窗外、投向露台，但是她会重新把我的注意力带回室内，让我把目光落在那些殡葬目录和文件上，落在她脸上。这些纸张固执地想要美化生命的不遂意。也许，某一天，我会和生活握手言和。

"说真的，葆拉，你不记得和他聊过他喜欢什么样的坟墓吗？"

我耸耸肩膀，咬住自己的脸颊内侧。我想让她离开我家，我想打她。"坟墓"这个词给我一种过时且不合时宜的感觉。在充满困惑和痛苦的时刻，那个女人居然头脑足够清醒到选择了"坟墓"这个词，这让我焦躁。我们曾谈论过汽车，谈论过旅行，谈论过我们不会拥有的子女，曾开玩笑想象他秃顶或者我满头白发的样子，我冲他大喊两个人之间没有比抵押贷款更糟的把戏了，我们曾大笑着发誓永远不退休。那是我们在探讨对未来的设想时聊过的最遥远的事——然而没有，我们从未谈起过葬礼和我们喜欢的葬礼形式。

"火化。"为了打断对话，我这样回答，"我们有个最喜欢的小海湾。火化吧，拜托了。"

关掉恐惧。

通过仪式减少恐惧。

摆脱和丧葬相关的词语。

摆脱死者。

因为他说谎而生气。

因为其他的一切而哭泣。

其他的一切，现在已然无法挽回。

忘记拿外套又上楼回家取外套，花掉了我2分7秒以及不太确定的零点几秒。那些兴高采烈的孩子也妨碍了我的速度，他们堵在路上，陆续上车，他们的妈妈帮他们系好安全带，然后孩子们互相道别：明天再见。他们有安全带。他们还有明天。

我本来能在他活着的时候赶到医院的，我本来能呼喊他的名字的。还有，那时他还没有脑死亡，他的大脑本来能创建最后一幅我的影像的，我在他身边的影像。我本应该更抓紧时间的。

2分、7秒以及不太确定的零点几秒。你落下一件外套导致的悲剧严重得过分。忽然间，过分的不再是这场令人震惊的车祸，也不是死亡本身。你落下一件外套的过分之处在于让自己没能在他身边陪伴他、安抚他。我没能在他身边拥抱他，也没能在他身边原谅他。

自从你不在了，我只会接到通知坏消息的电话和推荐更换运营商的促销电话。每次有电话进来，我依然会被铃声吓到。"依然"成了我的一部分。我依然惊惶不安，依然会喘着粗气惊醒，每当在街上看到自行车在我面前穿过，我依然会背过身去。每个星期五晚上我依然会无意中布置好两个人的餐桌。玩纵横字谜的时候，我依然会在沙发上摸索你的手，问你："六个字母，打一种圆形容器。"我依然会在无人应答的时候叹气。我依然会一遍遍地读那句"如果可以的话，我想和你一起逃走，卡拉"。我依然会看那段视频，视频里的她穿着紧身泳衣和救生服、戴着头盔坐在橡皮艇里准备冲下激流，她冲你抛了一个飞吻然后笑了起来，水花溅在屏幕上。每当我的名字像障碍一样出现在你们的对话中时，我依然会脸红。现在，第一声电话铃造成的惊吓过后，我拿起电话，假如是银行打来找你或者找电话账户的户主，你知道吗，毛罗，现在我会大声说你不在。我满怀希望，想让打来电话的人再执着一点儿，能问问我你几点钟在家，好接听他们的电话，可你已经不可能在家了，你已经死了。现在我喜欢这种微小的震撼效果，当对方说"我很抱歉，女士，打扰了"的时候，我赢得了怜悯。我挂断电话，内心一片虚无。我依然会给你的手机充电，让电量达到百分之百，再等待它全部耗尽，仿佛你还真实存在，仿佛庸常的琐事能维持你的生命。

7

"人们能把冰变成水，在实验室做几朵云彩，对吗，葆拉？"

马蒂娜用她小小的手指剥着一颗栗子，她已经思考了好一会儿为干旱地区带去降水的可能性。她是她母亲的小号复制品，她的动作、蓝色的眼睛、咬文嚼字的讲话方式。她身上投射出小人国独裁者的形象，世界都在她脚下，而且她和她妈妈一样，会突然施展出甜美可爱的一面，征服她的臣民。恐怕我是唯一一个陪她玩这个游戏的人。我不是很擅长和这个年纪的小孩相处，我更喜欢他们还没几斤重、努力蹒跚行走的年纪。我倾向于认为那些快乐长大的孩子，毫不费力地说话、行走、进食，什么都不需要我为他们做。不过当我和莉迪亚的女儿们在一起时，我经常感觉她们无偿给予了我一份纯真与幸福，而且，对一个痛苦的成年人来说，可能没有什么药方比放任自己像孩子一样喜怒无常更简单有效。马蒂娜的姐姐在最近一年出头的时间里变成了脾气暴躁的荷尔蒙少女，把面孔藏在刘海儿和手机后面，人仿佛悬浮在一双麻秆一样的腿上面。她在桌子的另一端歪坐着，无视我们的存在，飞快地在手机上敲着字，就像没有明天一样急促。孩子们的父亲刚才拖长了最后几个音节，试图和我谈论美国总统大选中民主党和共和党的候选人，现在他在沙发上睡着了，脑袋后仰，张着嘴巴，把选票和民意问卷抛到了脑后，只在胸膛上残留着几块马铃薯球的残渣。我想把它们掸掉，但又怕把他弄醒了，而且他这样看起来很有趣，不完美，不像他醒着时那么讨人喜欢。

我掩饰着餐后闲聊引发的困倦，每次我来她家，我都沉醉于一张照片，它和其他许多照片一起摆在电视柜上。照片里，我和莉迪亚在广袤的阿塔卡马沙漠里微笑着。那时我们刚刚二十出头。太阳暴晒下，我们的皮肤和头发泛着光泽，因为开始了崭新的成年生活、感受到自由的力量而一脸满足。我们最初结识于医学系，那是在这次难忘的旅行之前不久。她的领导态度引起了我的注意。开课一周内，她已经毛遂自荐地当上课代表，为可能有兴趣的同学们成立了学习小组。她与教授们打交道时的那种自信，就好像她已经在医学系的教室间穿梭了半辈子。她和我一样，都是医学系的新生，然而在成群的新生面孔中，我身上展现的局促腼腆与她身上的落落大方形成鲜明对比。她身材小巧而健美，审美随性不羁而又无可挑剔。我羡慕她在同学中如鱼得水的样子，而当她带着些许傲慢据理力争时，曾让不止一位教授哑口无言。

虽然我一直在仔细观察她，但第一个季度我们几乎没有说过话，只是因为我觉得那么受欢迎的人不可能接近我。直到有一天，她问我能不能把细胞生物学的笔记借给她，因为前一天她没来上课，我们这才开始说话。

"这里是什么意思？"

她指着我的笔记，一脸困惑。

"不好意思，这个男老师的语速很难跟得上。"

"你的笔记做得可真棒，大夫。这笔记大概是用梵语或者西里尔字母写的吧。"她风趣地说。她的门牙之间有一道缝，这道牙缝直到今天都让她显得很俏皮。

她好像拥有一种和我不同的能量，当她运用这种能量说话时，她显得热情而机智，表情和动作很丰富，你能看得出来她的与众不同。她看起来对自己如此自信……而我是个很自我克制的人，说话前每一个用词我都仔细斟酌过，一如我仔细地观察她。我羡慕她的衣着、她的坦然、她的亲和力以及她的好人缘，我羡慕她的力量以及她的下巴表现出的不可战胜的气势。

我们互相注视了几秒钟，仿佛第一次认识对方一样。我意识到某些永恒的东西在这一刻诞生了，大大咧咧、开朗外向的她，逆来顺受、谨小慎微的我。随着时间的推移，我们逐渐发现彼此能弥补对方性格的缺陷、矫正对方性格中过激的部分。她典型的控制欲这些年逐渐淡化了，另外，尽管我不愿意承认，但我们也和以前不一样了，黏在一起或者每天聊天的需求也逐渐淡化了。她的人生选择中有丈夫和女儿、时间表和学校，很难配合我凄凉得多的人生选择。不过，自从毛罗不在了，我们两个最初那种感情需求再次萌生：她想让我知道她就在我身边陪着我。我觉得与其说是为了我，不如说更多是为了她自己。我不是在指责她，但她一直以来自带的这种优越感是我一直在容忍的。在她的坚持下，我已经可以毫无保留地向她倾吐我的感受了，而且我终于告诉了她，要不是因为那个红灯，毛罗应该已经从我们的家搬走了。

我打起精神计算自己认识她多久了。麝香葡萄酒把我的脑袋弄得昏昏沉沉的，给我的加减运算增加了额外的难度，况且我还得不时地挤眉弄眼，免得小马蒂娜觉得我没有为她人工降雨的主意着迷。

我流连于岁月之中，在脑海中用算盘再次清点了一遍。松散的笔画不仅写出了算式，还勾勒出一生的轨迹：大学时光、她的婚礼、我们各自的住所、我和毛罗相识的那一年、莉迪亚第一次怀孕、我们被分到儿科、旅行、朋友们、同一个医院的职位、公寓、新生儿科、她第二次怀孕。当我意识到现在是我们相识的周年庆时，我飞快地从座位上站起身。我在厨房找到莉迪亚时，她正在洗碗机的轰鸣声中一个人折腾。她端菜盘时，鬈发仿佛在跳跃，她把所有东西都装到特百惠密封盒里。她是个痴迷于特百惠的女人，拥有各种形状和颜色的特百惠盒子，把它们视为灵魂的遗产。这不符合她那本系人气最高女生的形象，但是她就在这里，颠覆了她的模范形象，被塑料容器包围着。

"莉迪亚，你知道吗？"我走进厨房。

"孩子们在吵架，要不就是托尼在沙发上打呼噜，对吗？"

"你知道我们认识多久了吗？"

"什么？"

"我们已经认识二十五年了，莉迪亚！"

"二十五年？我们有那么老了吗？"

我惊讶地看着她把目光落到水槽上，稍微放慢了手头的动作，她想到的是时间的流逝，而不是那个让我离开了椅子、值得庆祝的理由。

"我们得庆祝一下，你不觉得吗？"

我用胯部轻轻撞了她一下，双手做了个像在摇沙槌的众所周知的手势，然而我发觉我的喜悦没有得到回应。

"你知道今天是什么日子吗，葆拉？"

"我当然知道，亲爱的。你不用提我也知道。二十五年，莉迪亚！你不觉得这值得出去喝一杯吗？"

她拿起一块厨房抹布，擦干双手，转向我，把一缕鬓发从脸上拨开。

"葆拉……你别误会，但我觉得假装今天是普通的一天对你不会有帮助。"

好心情消失了。她的话带着墓穴墙壁散发的潮湿蒸汽，刺痛了我的心，让我的脸颊火辣辣的。纪念死者的日子，说得好像平时死者都不会被记起似的。11月的第一天。大清早。答录机里第一条也是唯一一条留言："葆拉，早上好，女王。今天对你来说是痛苦的一天。如果你愿意的话，我会去墓地给你妈妈放束花。有可能下雨，所以我会打车直接去蒙特惠奇山。我想了下，今年也许我们应该一起去。给我回话，我好做安排，好吗？"

答录机的嘟嘟声。

"没有更多留言。"永远没有更多留言。

我在地板上坐了好一会儿，反复观察两块木地板之间的细小凹痕，努力无视灰色的积雨云正在试图吞噬我今天强行扮演的正常。我曾排练过要如何跟爸爸说，毛罗去世马上就满九个月了，九个月里的每一天都很艰难；妈妈去世已经三十五年了，也就是大约12775个艰难的日子，在这12775天里，每天我都看着床头柜上的黑白照片。这些时间应该足以让您明白，您的女儿并不需要等到一年中特定的某个日子才去怀念那些不在了的人。另外，考虑到毛罗的骨灰这里也有那里也有，就算我今天不去蒙特惠奇山也不会错过什么。

最后我给他打了电话，但只是说我感觉不好，身体不舒服，大概要感冒，然而不管怎样，感谢他的提议。善意的谎言，随机应变的虚伪言行，这些带有自我保护的初衷，因为我发觉了自己的怪异，我知道我必须像往常一样自己保护自己，我无法向任何人——哪怕是莉迪亚或者我父亲——解释这种他人无法感知的怪异。它是对两个相互独立事件的混淆：妈妈的死，已经被克服并储存在我孩提时代的大脑的遥远角落里；毛罗的死，引发动荡并且依然活跃在我现在这个新的大脑里。突然间这两件事产生了联系，它们叠加在一起，世界地动山摇。

积雨云的底部宽广而黑暗，它上升至很高的海拔，使我观察到从现在起可能会在我生活中发生的场景，我很怨念地发现，在那些场景中找不到很久以前我生活中的痕迹。也没有很久。九个月不算很久。九个月足以在子宫中形成一个生命，也足以纪念一个死者。

诸圣节。

诸灵节[①]。

妈妈。

毛罗。

白昼缩短了，大自然进入一种看上去凋零消亡的状态。大海、海水留下的盐渍、西瓜哪里去了？笑声哪里去了？光明哪里去了？

"如果你需要的话，我陪你去。"

"你要陪我去哪儿？"

"还能去哪儿？去公墓，葆拉。我把孩子们留给托尼，我们一会儿就能到。你想买鲜花吗？"

"你能闭嘴吗？"

我走出厨房前，她拽着我的手把我拉过去，拥抱了我。我没有回抱她，我生她的气了。我挣脱了。

"我很高兴在我七岁，母亲去世时，我还不认识你，莉迪亚，因为我向你保证，那时候我连五分钟都无法忍受你。你为什么要坚持表现得这么郑重其事呢？"

阴影立竿见影地笼在我朋友身上，尽管如此，我对终于能倾吐出真实的感受很满意，这有利于我理解现在的状况。

然而现在阴郁的灵魂在斗争中占了上风，它不允许我道歉。现

---

① 每年的11月2日，又称悼亡节，用于纪念及追思亡者。

在还不行。我花了几个月的时间品尝那神秘的苦涩滋味，她也应该尝一尝。她的生活没有裂痕，有两个健康漂亮的女儿，一切都有条不紊。她的生活有特百惠和营养均衡的菜谱，有一个在我和她聊天时会毫不犹豫地睡在沙发上的丈夫，她还对节日仪式感有着过度的渴望，不论是基督教的、凯尔特人的，还是今天轮到的随便什么节日。她的生活中没有人死去。试试吧，莉迪亚，一点点痛苦。是我送给你的，品尝一下吧。

"我没有表现得郑重其事，葆拉。但是你好像什么事都没发生一样，我害怕你突然反应过来然后爆发，那样更糟。"

她脖子和脸庞上的几颗红色色斑发着光，就像可怕的彩色纸灯在发光。然而，即便如此，她对生活的愁苦又能知道多少呢？她不知道衡量生活的方法会改变，苦难的比例已不再精确，现在的衡量单位是具体行为：为了不上床睡觉，在沙发上坐到天亮；在上班的路上听收音机里播放的新歌，心里想着他听不到这些歌了；抱着毛罗在雷克雅未克买的绿色羊毛衫辗转入睡；用掉最后几颗我们一起去市场买的烤芝麻，它的包装曾给我们制造了那么多笑料——我们在厨房拆开包装打算把芝麻装进罐子时，发现包装纸是从报纸上撕下来的交友栏目。每一个行为都对应一个体积、一个高度和一个重量，它们的总和就是每当我试图接受自己不再是他未来计划的一部分时，我所感受到的空洞和痛苦的总量。

在内心深处，我觉得莉迪亚是正确的。一切都可能更糟，我还有许多事情不知晓。我几乎需要一个奇迹才能解开束缚我们的阴影绳结。不过或许友谊就是这个奇迹，能抚平一切的奇迹，它使我平静下来，因为和莉迪亚相处就像去一个熟悉的、一切如故的地方，而找回正常的生活对我来说越来越急迫。

"我刚才说的话是无心的。我要是七岁就认识你了该多好。明天或者随便哪一天我会去墓地的，也或者我永远不会去，莉迪亚。因为我不喜欢墓地。谁喜欢去墓地呢？在墓地该做什么呢？"我妥协地问道。

"所以我才那么跟你说。至少今天墓地有人，有鲜花，有色彩。我开车带你去。今天很适合用来怀念他。"

"我不想在那里怀念他。"我目光恳切地望着她，希望她告诉我，妈妈和毛罗身处于任何一个远离刻着他们名字和墓穴号码的石板的地方，远离这些用于抵御另一个世界恶劣天气的坚固材料。

骨灰被精确到克地平均分成两份，装在两个塑料袋中。我的那一份被装进可降解骨灰盒，让它能非法漂浮在海上。另一份在蒙特惠奇山，放在墓穴中，直到最后都在遵从他母亲的命令。一个胆小的男人，永远长着一颗固执而凌乱的脑袋。

马蒂娜兴奋地打开厨房门，她的小拳头里藏着什么东西。她艰难地靠近我们，把手里的东西展示给我们看。

"你们看！你们看！"

尖锐而又兴致勃勃的语调迫使我用毛衣袖子蹭掉一滴不听话的

眼泪。

小姑娘张开双手，往空中抛撒了一堆精心修剪出的铝箔纸屑。

"我已经会下雨了！"

我抬起目光，我愿意相信自己五岁了。眼泪不会出现在从刚出生到四至六周大的婴儿脸上。实际上，哭泣并没有任何确切的生理功能，它只是神经系统刺激下的副作用。我努力控制我的泪水。我命令眼泪停下。我做到了。

银色的碎纸片像慢镜头一样飘落，整个巴塞罗那都覆盖上了纯净的雨水，西南边的墓地也一样。难以计数的坟墓，其中一座是我母亲安娜的。古旧的大理石上铺满黄色的花朵，活泼又生机勃勃，爸爸今天一定会给她带花过去。另一座坟墓，崭新的，刚做好的，墓碑上的黏合剂还没有干透。她一定给他带去了一些白色的花，毕竟，接受吧葆拉，在一定程度上毛罗也是属于她的。

8

日子千篇一律、平淡无奇、举步维艰，这个新的阶段无比沉重。我工作很努力，睡得很少，吃得更少，记得的却太多。从技术角度来讲，我对此无能为力。我已经失去了对自己的控制。

值班结束后，我沿着艾格斯大道跑步，直到累得几近虚脱，以期能在某个时刻入睡。一位心理学家，同时也是得克萨斯大学的教授，曾发表过关于缺乏睡眠的后果的文章，明确说明一个人如果长期不睡觉通常会患精神病，会产生幻觉，基础的认知功能会中断。他们把剥夺睡眠称为"白色折磨"。白色折磨不会在身体上留下痕迹，因此最难在法官面前举证。

我拒绝向桑蒂请几天假休息。如此可见，唯一向我施加折磨的人就是我自己。我被我自己看守着。惩罚、审问、劝诱。我想知道我试图达到的目的是什么，所以我跑步，跑步时我会有意识地留意呼吸，留意每分钟、留意每秒钟、留意脉搏。我跑着逃离我自己。

尽管我来得很早，但这里总是有人，这就是为什么我喜欢这里。缺氧的感觉开始令人筋疲力尽。这个早上，我气喘吁吁地停在法布拉天文台脚下一个没有人的角落。我闻到了苔藓和潮湿的生命的味道。我闭上眼睛，感受这里给我的安全感。秋天微弱的阳光温暖着我，如此怡人，我需要留住这个瞬间。两只小鸟在一个水坑里扑棱。那时候我母亲生病了，没几个月我们就失去了她。之后爸爸就迷恋上鸟类学，甚至到了不求回报的地步。他着了魔似的，把每个周末排满了短途旅行和外出计划。我毫无选择，只有拖着双腿跟在他身后，脖子上挂着棱镜望远镜，脑后是让我和爸爸都无可奈何的两根歪歪斜斜的小辫，仿佛这是一场忏悔仪式。他和负责鸟类环志的科学网络合作，为鸟类佩戴标识，计算生存率，测量繁殖成功率。他上上下下翻腾着几张黄色的卡纸，把数据全都记录在上面，动作就像是一个神经机能病患者。当他为五十种不同鸟类的超过五百只个体佩戴过环志后，他获得了"绑带专家"的称号。与此同时，我在观察他，我渴望被爸爸以同样的小心谨慎捧在双手之间，在我的踝部戴上有编号的金属环，给我一个机会告诉他我的精确信息、我的年龄以及我对迁徙回不久前我们三个人一起生活的地方的渴望。

他送给我一些鸟类海报，它们什么都没有对我说。随着我逐渐长大，我闺密们的房间墙壁上贴满了时兴的流行歌手，而我的墙上挂着一张在加泰罗尼亚筑巢的燕子和楼燕的海报；有一张海报上有五排鹦鹉，都是深浅不一的绿色，写着"亚马孙的鹦鹉们"；还有一张棕色和赭石色调的海报，画的是伊比利亚半岛的猛禽。我父亲认为，鸟类是很聪明的生物，有几种鸟的智慧可以和灵长类甚至人类相提并论。直到今天他仍然常常聊起这个话题，但我一般不接茬，因为我只知道，对我来说，那些鸟取代了一个女人的位置。鸟类的入侵能够避免失控，能够阻止河流的流水，还能借此忘记刚失去妈妈的那几个夜晚，父亲喘不上气的哭声。父亲趴在钢琴上哭泣，躺在沙发上哭泣，坐在母亲在法国南部的古董店买的那张柏柏尔人手工地毯上哭泣。对我父亲来说，那些鸟首先是一道挡土墙，其次才是一项爱好，此外还是孵化了让他重展笑颜的新友谊的鸟巢，所以我从小就学会不去质疑他应对痛苦的方法。尽管有时候为了取悦新朋友，他会当场考我各种鸟类的名字，让我觉得很尴尬，不过我很快就意识到我需要把这场游戏玩下去，这样化解悲伤情绪会容易很多。爸爸是一个务实的人，就我而言，如果有的物种能用仅占我千分之一的大脑记住两百至两千首不同的旋律，那么我就应该有能力填补母亲留下的无尽空虚。我比任何一个同龄人参加观鸟旅行的次数都要多，我任凭鸟类海报贴满我的墙壁，直到二十岁我离开家，我都不曾坦承，在我的恐惧感强度频谱中，对鸟类的恐惧高得不成比例。我反感它们头部轻微的摆动、它们小树杈一样脆弱的脚掌以及我把它们攥在掌心给它们佩戴脚环时，它们羽毛之下温热而颤抖的身躯。

　　我渐渐把它们的名字都记住了，包括它们的学名，虽说这些年我像启动防御机制一样渐渐把它们抛到了脑后。这个早晨，我在犹豫水坑里的小鸟到底是黄雀还是欧洲丝雀。一阵突如其来的忧郁袭来，我想都没想就用手机把它们拍下来发给了父亲。他连两秒钟都没有耽搁就回复道："雄性黄雀。你没看到它们头顶是黑色的吗？下周日你来吃饭吗？吻你。"

周日和爸爸一起吃饭。又一次。又一个周日。四十二年。我跺了一下脚，把小鸟赶走，然后猛地从灌木丛中揪下一根枝条。我没留意枝条上全是刺，手指很倒霉地被扎到了。"看到了吗，葆莉？这就是因果报应。这就是你发怒的后果。"我怀疑人们说能听到死去的人说话是不是也是出于类似的原因。"你疼吗？这是一株黑莓，它长的刺挺见鬼的，但是它到8月底会结出熟透的果实。你可以用它来做果酱。你觉得怎么样？有没有振作一点儿？"但我敢说哪有那么容易听到死去的人说话，肯定是人们在装腔作势。天空中的云彩会散开，就像一幅特纳①的画作，树上的叶子可能会疯狂摇动。至少会响起贝多芬的乐曲。应该是这样，对吧？现在我只是在给记忆施压，我只是在回忆的基础上想象和死去的人说话的场景。如此而已。我妥协地一笑置之。我已经和那根刺奋战了好一会儿，终于又捏又掐把它拔了出来。我望着大海里的蓝色流苏，它总是标志着一种可以把握住的可能性，一条假定的逃跑路线。我品尝着口中血液的金属气息，在大海中寻找庇护所，用冻僵的双手摩挲着手机。受够了过度的理性，我的手指越过大脑擅自行动了。我还没来得及阻止，它们就已经摆弄着手机，找到了联系人的界面。一进入联系人菜单，它们就在姓名列表上不停上下滑动，游荡其中，一遍又一遍地从A到Z，从Z到A，直到停在Q上。基姆（Quim）。我又望向大海，然后是我的四周。我觉得有点儿尴尬，不知道该跟他说什么好。我们

---

① Joseph Mallord William Turner，19世纪上半叶英国学院派画家的代表，以善于描绘光与空气的微妙关系而闻名于世。

一般不会在沉默了几个月之后联系某个人，就为了请他来和你欢爱，以此让你平静下来、让你睡着。话虽如此，我还是觉得我可以向他提出这个要求，而且他会同意。我会简单明了，不会有任何后果，也不需要发问，我只需要这种关系，因为我相信这足以提供让我入睡所需要的一切条件：人体的接触、触碰我、抚摩我、提醒我自己是存在的。我需要有人解开令我窒息的纽扣，我需要房子里满是噪声，我需要人间话语的热气温暖我，我需要耳畔的喘息使我放松下来。手指们失去了耐心，它们在这个名字周围焦躁地起舞。它们明明知道自己在玩火。

"别关灯，拜托。我想看看你。"

我们在另一家酒店，另一间规规矩矩的客房，但他怀着相同的渴望巡视着我身体的每一个角落。我努力不去回忆，删掉他张开的手覆在我身上的画面，删掉他皮肤的温度，还有交融时，他的睫毛缓慢地眨动，床的嘎吱声让我俩腼腆地笑起来的场景。手指们的躁动平息，它们胜利了，直奔主题来到那个位于屏幕中央的简短而有力的名字，基姆。按下那个名字时，手指上的小伤口灼痛起来，当你大声念出含有元音i的名字时，它会还给你被刺伤的痛感。一个供男性使用的简短名字，直觉告诉我它在我的生活中存在的时间不会太长。我把电话放到耳边，充满期待。一声，两声，我的心跳剧烈到T恤也跟着颤动，三声。通话转接到答录机，我挂断了。

"见鬼去吧！"

我抓起一把沙子抛向空中，愤怒地咒骂自己给他打电话有多么冲动且愚蠢。"忘了他吧，葆拉。"

遗忘应该是个自然的过程。应该在一个人决定遗忘的那一刻起就忘了。遗忘应该只需要一个瞬间，相反的是，记忆转化成一个递减过程、一种抵抗行为。我不想忘记他。我想停止推究哲理，想发怒，想把花瓶摔成碎片，想把自己藏在枕头底下，想有爸爸以外的人邀请我共进晚餐，想过以前的生活，想用撩人的香水装点某个愉悦的夜晚。这是我想要的，只有这些。这很矛盾，我知道自己有能力前进，这样才能找回我留在身后的一切。

我一整天都关注着电话，想象出一连串它保持静默的理由，从略微有些消极的（换号了、手机坏了、收不到信号）到更戏剧性的（不想再和我有联系、遇到了很严重的事无法接听、他死了）。为什么没有这种可能性呢？我站直身体，吸气，觉得自己真是个戏精，然后我开始谴责自己正在把一切卷向飓风的风眼。我想起一切都在原位，云彩、大海、失眠、死去的人。"没有更多人死去"，葆拉。于是我开始跑步。

晚餐我喝了一份速溶汤、一杯酒，吃了一个苹果。这是个不搭调的组合。我应该吃多一点儿、吃好一点儿，丢掉这些不健康的汤料，但是我很冷，而且我可以做任何我想做的事，因为我是个孤独的女人，我的房子里没有其他人居住。我不必为孩子们树立榜样，也不必努力把食物变成令人愉悦的晚宴。完全且绝对的自由使我变得孤僻。这不是正确的心态，然而也没有人来纠正我。酒杯见底，我又重新倒满，跃跃欲试地想再给基姆打个电话。我不知道该不该打这个电话，犹豫刺激了我的神经，使我感到一种令人快乐的惊异。我马上放弃了这个念头，毕竟他极有可能已经看到了我早上的来电，所以，他的静默只意味着我已经无能为力了。同时感到愉悦和某种负面情绪是很矛盾的，然而，在每个夜晚相同的广播波段中，在新闻声和邻居在楼梯上弄出的声响中，加入了他是否会回我电话的不确定性，这是令人愉悦的。"你已经四十二岁了，葆拉，行行好吧。心里怀着这么幼稚的幻想，你想要怎样呢？"

我听到街上大门的声响。最近我的听力好像变敏锐了，我走进家门时，身体的警觉状态会被激活，敏锐的听力只是其中一部分。这间房子只属于我了。我又往酒杯中倒了一点儿酒，又看了不知道第几遍手机屏幕，我听见托马斯和一个女人在楼梯间里发出的声音。是她。我能分辨出她细高跟鞋的声音。钥匙在对话声中叮当作响，他们说的是英语，而笑声不分语言。几天前托马斯在楼梯下面把她介绍给我认识了。她一头金发，小麦色的肌肤能够承受一年中十二个月的紫外线的威力，身穿黑色皮裤。她应该比托马斯年长很多，至少有五十岁了，但是保养得当，看上去并没有那么成熟，应该为此花了不少钱。她身上散发着女性甜美的气息，勾得你想紧紧依赖着她，然而她的眼神脆弱，还长着一张娇生惯养的少女般的漂亮脸庞，打破了人们对五十岁女性的所有刻板印象。我听到托马斯家门打开的声音，然后立刻就会传来自然而然的亲吻声，让我的心脏都要为之爆裂。两双嘴唇互相找寻，简短地互相问候。楼梯间的空旷使亲吻声回荡、放大，甚至把整套舞蹈动作都传递至我的耳中。两双嘴唇时而紧紧相贴，时而互相眷恋着分开。我感到十分空虚，我太怀念那样的姿态了，所以我不得不压抑自己的怒火。几乎还没意识到，我就已经摸黑走到了玄关，把耳朵贴在门板上，手里擎着酒杯。白色折磨不会在身体上留下任何痕迹，有的只是像猫头鹰一样在黑暗中瞪大的眼睛、愤怒的大脑和被亲吻声插在心口的一把匕首。我需要睡眠。我需要这个该死的吻。

基姆不会打电话来了。我像行尸走肉一样，一边卸妆，一边观察镜子中的自己。我很苍白，苍白中泛着灰色，就像是修道院的修女脸上的那种灰色。她们的皮肤像天鹅绒一样，满是细小的皱纹。在认识我的人们眼中，我也是这样吗？是否有科学结果证实，在缺乏性爱、睡眠和人体接触的情况下，再加上过度悲伤，皮肤就会蜕变成灰色？

我必须找一篇相关文章。

我脸上的光熄灭了。

我感到害怕。

朋友会不会八卦说我孕酮、内啡肽和骨胶原分泌过低？

明天我要多跑一公里。

失去伴侣的老年人会进入一个法律规定的人生阶段，所以从外部看，他们被服丧的屋顶保护着，没人想到去干涉他们从此停滞的性生活，也不会想到他们中断的情欲艺术。相反，变回单身的年轻男女被困在时空之外的死胡同，躲藏在一座未以罪因分类的牢笼里，被人们拿着放大镜从外面审视，被用伪装成同情心的问题炮轰。人们出于强制性的重构心态为他们宣判：他们还年轻，还有生育能力，还能找到某个人，让他们再次悸动、欲望复苏。她们和他们，不知该如何回应，因为没有哪本公约手册里包含某个关于发生在春天的死亡的章节。他们保持沉默，旁人无法理解，他们已经失去了自己人生传记中的一部分。

我钻进被窝，毫无睡意，重新拿起一本小说。小说里有一位年老的寡妇，她向同样年老的鳏夫邻居提议一起睡觉，在夜晚互相做伴，这样两个人上床睡觉前可以说说话，感受被子下属于人类的体温，仅此而已。我才读了不到半个段落就听到了楼上的声响。这种声音从几周前就开始出现了。我能清晰地听出那个眼神亲切的金发女人用英语发出的呻吟声。她会用不同的语言呻吟，惬意的低吟并不是一种含混不清的声音，而是一种语言，每一声都蕴含着发声之人的愉悦感受。很快我就意识到，我大半注意力都被这些声响吸引了，这有些没教养。我合上书。我感到一些异样。我竭力继续读下去，但紧接着我就听到了沉醉其中的托马斯发出的声音。我简直嫉妒得要哭出声来，就像一个得不到想要的东西的小女孩。我想要生存，拥有一具肉身，然后像蛇一样蜕皮，继续前行，把令人痛苦的干瘪蛇蜕留在路中央。希望会有某个小男孩遇到蛇蜕，用小树枝把它从地上挑起，并赞叹着观赏道路前方蜿蜒前行的那条崭新的蛇。它的表皮闪着光，满怀对生存的渴望。最终我把书扣在脸上睡着了，睡着前最后一个念头，仿佛是毛罗的声音出现在我耳边："葆拉，你读的这本书就是垃圾。赶紧改变你自己的生活吧。"

当梦不具有启示意味时，它们就仅仅是我们白日生活的退化产物；然而当它们有此意义时，就会在某种场景中生长，比如一个借助魔法和孩童的欢声笑语就能被点亮的马戏团。托马斯的手指在我的肌肤上打着圈，仿佛是在试探保险箱密码的心绪不宁的盗贼。我听到电话的声音，然而我所感知的倦怠不愿让我脱离这场梦境中热辣的编排。我喜欢托马斯的手放在我皮肤上的感觉。"很舒服，继续。"[①]走廊冗长得和我梦境的诡异程度相仿，电话在它尽头作响。我突然惊醒了，我厌恶自己，也因为把自己的邻居卷入这场意淫而满心羞愧。尤其我得承认，我对这场幻想乐在其中。凌晨4点钟是最近几个月我夜间路线中的一站。我总是在这里下车，我对这一站很熟悉，它对我也一样。垃圾桶满到溢出，永远不干净的地板上散发着氨气的味道。只要深吸一口这个车站阴暗的空气，你就会向它展露你所有的恐惧。有时我下车要么只是为了看看谁能闭着眼睛忍受得更久，要么就是为了倾听睫毛在枕头上摩擦的声音，或者闹钟玻璃之后的走秒声。我经常失控。尽管我知道有理论说，不应该把双臂

---

① 原文为英语。

从身躯上展开，然而我还是会把一只胳膊伸向左边，摸到空空如也的床垫，然后失控。

我洗了把脸，重新钻回床上，口干舌燥，头有点儿痛。我心中一震。梦中的电话声对应的是手机屏幕上一个真实的名字：基姆。未接来电。

4点06分。这个时间给人打电话很奇怪，但是我不能再错过地铁了，火车也不行，所以我像准备进行一项需要全神贯注的重要工作一样深吸了一口气，然后呼出。我把我的思绪汇聚成一个唯一的想法，再深吸一口气，按下了他的名字。"接电话，求你了。"然后他接了。

"葆拉？"

"嗨，基姆。我知道很晚了。你刚才给我打电话了是吗？"我的声音沙哑，而且过于害羞了。我清清嗓子，闭上眼睛，仿佛一位虔诚的妇人合上双眼，念诵一遍主祷文和两遍万福马利亚来忏悔。

我们开始试着对话，聊起一些既不能让我也不能让他提起兴致的事，聊起没接到的电话和现在的时间。当你要估算陨石撞击地球的威力时，谁会在乎那些无关痛痒的问题呢？

"一切都好吧，葆拉？"

我飞快地回答"是的"，快到我几乎没捕捉到它的发生。

"我今天早上给你打电话只是想问你还愿不愿意和我见面。"我没能把嗓音调整得听起来不那么惊慌，现在把这些天憋在心里的话说出口，我觉得自己从骨子里透出荒谬，我不得不道歉，"抱歉，主要是我现在感觉很昏沉。"我又发出一声希望是笑声的声响。

"我说，一切都还好吧？"

"是的，是的……"

"……"

"基姆，听着，我觉得我欠你一句抱歉。"

接下来是一段令人不太舒服的沉默，打破它的只有电话另一端的呼吸声。我无法告诉他真相。我无法低估"死亡"这样充满压迫感的词语的威力。

"葆拉，已经过去了很久……"

他的语气中没有责怪的意思，但他的话没说完：他在等着我给他解释。

"我知道。对不起。我不知道该说什么。"

"我担心你是不是出了什么事。"

我用手捂住脸。

"我想见你。你愿意吗？"

他叹气。

"你不会再一次消失吗？"现在轮到我沉默了。这不在我的计划之中，我只需要一个能拥抱我的身躯，我意识到，自从毛罗去世后我表现得多么轻浮又自私。"我开玩笑的，葆拉。"他补充道，带着他一贯的自信，"你确定你没事吗？"

"下次值班之前我有几天下午有空。你什么时候方便？"

"主要是我现在在波士顿。我大概年底回去，还没订票。我到了再给你打电话，好吗？"

波士顿。在我停滞不前时，生命还在继续前行。我想问他在波士顿做什么，是有一栋建到一半的可持续住宅吗，还是有谁在那儿的一间小公寓里等他？公寓门口可能有积雪，他晚上带着一身栎木屑回来时，她会冲他喊："亲爱的，冰箱里有凉鸡肉！"然而我不敢逾矩。

"好吧。"

"那么，回见了。"

"基姆！"我几乎惊慌失措地补充道，"谢谢。"

他停顿了太久才回答："谢谢你打电话来。"

波士顿。我倒在床上，把我们的对话在天花板上回放，细细研究。这场对话短暂且残缺，然而我跟基姆通话后，身处地铁站的我出乎意料地放松了脸部的肌肉组织，没加控制，甚至还哈哈大笑起来。这种久违的感觉苏醒了，让我知道我前进了一步，我找到了可以带我走出洞穴的小路，而自我毁灭被推迟了，至少推迟到了年末。突然间，阴影拉扯着我的睡衣袖子，冲我的脸吐口水。"你打算干什么，居然这么开心？""让我静静。"我命令它。这个晚上，出乎意料的是，它居然闭嘴了。

你在床上聚精会神地读一份手稿。开着的笔记本电脑摆在两人中间，眼镜架在鼻尖上，干净的睡衣裤，我的脚和你的脚叠在一起。外面的阳台上，自动浇灌系统设定在11点半开启。新月当空，闹钟已经设好，准备让我们按时从床上跳下来，我的设在7点20分，你的比我晚五分钟。在我们没有为工作奔忙的短暂闲暇的交集里，我们生活在虚假的、舒适有序而又令人愉悦的亲密感中，在没有子女的成年男女的合理范围内，一种缺乏诗意的生活。我们已经习惯了沉默，习惯了整洁的房屋，习惯了埃桑普勒大街上的越南菜馆，习惯了格拉西亚大街上的日本餐厅，习惯了秩序，也习惯了对一切都要求在充足之上有盈余的个人主义自私心态。时不时地，就像令人惧怕却又在预料之中的季风雨季，关于你渴望成为父亲的激烈争吵又会卷土重来，这一切和我不明确又不充足的母性本能格格不入。作为哺乳动物，我们的关系被沟通能力制约着，我们的关系为我们带来食物、休息、安全感以及陪伴等种种好处。这不只是我们的事，毛罗，这还是所有伴侣都需要的一种状态。我们已经学会通过荷尔蒙、肢体、视觉和触觉进行交流，然而随着一年一年过去，我们已经不怎么望着对方的眼睛聊天，也不总是用频繁触碰的方式要求对方把桌上的油瓶递给自己，也不会在系鞋带的时候挽着对方的手臂。推动我们关系所需的最低限度的亲密对我来说已经很舒服了，我也不了解其他的相爱方式。但我们彼此相爱。我把手稿从你手中猛地抽走的那天晚上，我也是爱你的。

"快看这个，毛罗，这个太好了！"

你抱怨着，说我分散了你的注意力，但是我愉快地让你闭上嘴巴。

驻扎在国际空间站的指挥官、宇航员克里斯·哈德菲尔在网上上传了一个视频，视频里说，在太空中眼泪不会滴落。由于没有重力，泪液会在眼中逐渐汇聚，然后挂在鼻梁两侧。

我们一起观看那位宇航员如何让泪水从一只眼流到另一只眼。我们从这个视频跳转到另一个视频，还是同一个人，他在唱大卫·鲍伊的《太空怪谈》。受重力影响，他在空间站轻盈地旋转着吉他，外面，地球被大气层包裹着，地表遍布星星点点的人间烟火，给几块大陆画布增添了暖意。你的手指和着音乐在笔记本上打着节拍，你喜欢大卫·鲍威，非常喜欢。

"我觉得不可思议。"你说。

"我就知道你会喜欢。"我回答道，因为懂得如何取悦你而感到心满意足。

"我觉得不可思议在于，地球上的生活局限于工作，所有人都追逐着同一个羊群，日复一日，最大的梦想就是在夏天可怜巴巴的几个星期里到某个人满为患的旅游胜地度假。但是天上有四个幸运儿在太空中飘浮着，他们能够以一个全然不同的视角生活。至少对他们而言，太空是存在的。"

倘若当时我听得更专心一点，那一刻我会感觉被你伤害了。毛罗，我可能会对你说我是你的羊群中那只黑羊，所以呢，我希望能给你带来一点乐趣和欢喜。我可能会说，我们也没那么糟。那时候我就这样觉得，可你已经不这么认为了吗？我可能会向你保证会调整我的部分排班时间，向你保证我会使用条件式①以外的时态。然而我当时只是冲着空间站里旋转的吉他微笑，并对哈德菲尔指挥官的小胡子发表了荒谬的评论。

"假如重生一次，我不会做出版社的工作。我要当宇航员。"你摘下眼镜看着我，一边点头一边坚定地说，"对，葆拉，我保证。我会当宇航员。"

重生。你必须死去才能重生。"Astronauta"（宇航员）这个词源于希腊语的ástron（星星）和nautes（航行者）。现在你实现愿望了吗？你在哪里呢？你无论如何都要成为宇航员。你是个好男人，毛罗。应该有人满足你最后这个愿望。"回来，"我有时会向你请求，"回来吧，求你了，哪怕是为了和她在一起。"但是没有任何意义，毛罗。只剩下这种有事未圆的感觉。

---

① 西班牙语语法中的一种动词时态，常用以表示对现在和将来的假设。

9

"早上好，桑蒂！我给你带了黄油牛角面包，是你喜欢的那种，还有最棒的自制咖啡。"

我和桑蒂是多年的咖啡同好。在我成为新生儿科医生的第一个夜晚，我们在休息室碰见了。他的脸上写满疲惫，和我因为首次值班而充满兴奋的脸庞形成鲜明对比。当时他站在咖啡机前，身高仿佛一座塔楼，我在他身后不耐烦地等着，烘焙过的咖啡豆香气在挥发，弥漫了整个狭小的空间。

我还有一千个问题想问他，但我必须克制。整个晚上我一直在烦他。我焦急地等待因为某个病人心脏骤停，而需要我从椅子上蹦起来的时刻，我渴望在产房实施心肺复苏，无论什么，我需要一次性满足我被需要的渴望。是他用咖啡开启了我们之间的联系。

"你知道咖啡因除了能使你保持清醒，还能增强你的记忆力吗？"

"当然，它能激起某些记忆，并形成对抗遗忘的机制。此外，它还能缩短反应时间。你只需要激活较少部分的大脑就能执行一项需要注意力的任务。事实上，只需要75毫克就足以让人发现自己的记忆力有了显著提高。"我一口气说完。

他惊讶地转向我，挑起一根那时就已经白了的眉毛，眼神看起来仿佛我来自另一个星球。我耸耸肩膀。我原本还想继续说，我觉得有人把预防新生儿呼吸暂停的药剂命名为"咖啡因"真是个绝妙的主意，因为这药能防止孩子们忘记呼吸，然而这是我们之间首次非正式对话，我觉得没必要展现我的古怪个性。

咖啡机完成了工作，为了避免烫到，他只用两根手指捏着滚烫的杯子的边缘，然后走到我旁边，将它稍稍举起，做出庆祝的样子。

"敬你的首次值班。希望你每次轮班都这样风平浪静！敬咖啡，或者说敬这个家伙流出来的破玩意儿。"

我只是笑了笑。我不敢告诉他我期待的不是风平浪静。我不知道该如何描述我对责任的渴望，我渴望把多年实习经验、毕生所学都付诸实践，我渴望嗅闻风险；我不知道该如何告诉他，快节奏的工作方式深深吸引着我，而且我宁愿敬奔波又辛劳的轮班一杯。这些年来，我们又有很多次在咖啡机前相遇，每当值班很波折时，我们就会回想起最初的那个夜晚，从而再次振作起来。所以，我早上8点上班的时候，因为知道会遇见交班的桑蒂，有时就会带好喝的咖啡犒劳他一下。

我只睡了几个小时，但是考虑到最近几个月的睡眠质量，这次已经远超平均水平了。我醒来时精力充沛，并且愿意相信一切都会不一样。基姆还会给我打电话，这个早晨我感觉有什么东西很快就要发生改变了。

我精神焕发地走进医院，瞬间换好工作服，从袋子里取出咖啡和羊角面包。当我转过身时，桑蒂正站在会议室的圆桌边，身边还站着一个没穿白大褂、只戴着医院工作证的小伙子。

"早上好，希德大夫。这样，你过来一下，我给你介绍埃里克。"

当事情因为种种原因变糟糕时，我就成了希德大夫；其他的情况下，我就只是简简单单的"葆拉"。

这个埃里克伸手和我相握，在桑蒂介绍他的时候也没有松开。桑蒂让我想起来，这人是名整骨医生，根据一项与大学的协议，发起了一项关于抚触在对早产儿进行手动正骨治疗的过程中发挥了何种作用的研究。

"接下来的一年半，埃里克会不定期过来。"

我挤出一个微笑。桑蒂之前跟我透露过这件事，然而那时我坚信道德委员会不可能为他开绿灯。我不喜欢非医院员工被允许进驻医院，就像我不喜欢桑蒂至今没有告诉我这项研究被批准的事，而这位整骨医生杵在这里，两条腿分得很开，隆起的胸肌已经够格去参加举重比赛了，看起来既年轻又局促。他的手心出汗了，谁知道他会如何对待我的婴儿们呢？

我知道我不应该急于评判别人，我也不能把装着羊角面包的纸袋扔到地上然后踩上去，虽然有几秒钟我在认真地考虑这样做。

"葆拉，刚才埃里克告诉我，除了器官和身体方面的治疗以外，他还想试试从情绪及其相关方面入手，对吧，埃里克？"

"嗯，是的……在可能的范围内，我觉得证实触觉干预对正骨诊断及治疗，以及对与患者之间治疗关系的发展有多大核心作用，是一个值得关注的课题。"

他们都看着我，等待我这边的反应。他刚才对我说的一番话中运用了压倒性的逻辑，我觉得如果要通过研究证明他的观点是件很可笑的事，但我觉得我这样说不好，所以我只是把双臂环抱在胸前。

"正如我当时跟你说的，葆拉，我们将持续集中地研究UCIN中现有的四个孩子中的两个。在详细查阅病历之后，埃里克觉得最值得关注的是伊维特和马哈维尔。我们已经向他们的父母说明过这个项目，他们觉得很有意义。"

"埃里克，我们可以单独说几句话吗？"

我用胳膊肘温柔地把桑蒂拐到一边，把他带到摆放着计算机的区域。我背对着那个男孩，用目光询问桑蒂这是怎么回事。他含糊其词地让我通融一下，毕竟之前我们已经探讨过这件事，而且现在医院对所有的研究项目都非常重视。

"马哈维尔……"

我把我的抗议留在空气中。假如我说只有我才可以触碰马哈维尔，我幼稚的想法会把桑蒂惹毛。

我注意到桑蒂在坚定地把我推向那个男孩，也就是说，尽管表面上不说，但他是坚定地支持这段令人不舒服的插曲的。

"希德大夫，"桑蒂漠然地补充道，"你负责在服务会议结束后给埃里克找一件白大褂。他今天就开始工作。"

瓦妮莎和马尔塔聊着天走进大厅，语调一如既往地欢快，然而她们在看到那个整骨大夫时瞬间闭上了嘴巴。马尔塔简直想用目光把他吃掉，我无法克制地翻了个白眼。她们向他做了自我介绍，就仿佛桑蒂和我不存在一样，过分地卖弄风情和虚荣，而那个男生以一种引诱的态度照单全收了。仿佛这还不够，事实证明世界太小了，这个整骨大夫和瓦妮莎有好几年夏天都在同一个露营地碰到过，所以他俩拦截了这场对话。这成了压死骆驼的最后一根稻草。趁着我和桑蒂站在后边的时机，我把装着羊角面包的纸袋和装着咖啡的保温杯塞给他，什么话也没说。

"葆拉，好啦！喂。你别这样。"

"别哪样？我不喜欢有不认识的人出现在UCIN，和孩子们玩耍。你有没有评估过，每天多移动新生儿一次会对他们造成多大的压力？"

"心理学家团队已经对他的到来表示了极大的欢迎，他们也想参与他的研究。你得更灵活一些，葆拉。"

"心理学家团队？那他们说到的康复团队呢？"

"我觉得现在不是讨论这个的时候。葆拉，你是一位出色的医生，但是你不尊重界限。"

"桑蒂，你说的是什么界限？"

这时，那个整骨大夫在远处不知说了什么，惹得马尔塔爆发出一阵笑声。

"很久以前我就跟你说过，你需要放慢工作节奏，你需要思考一下最近发生的事情。你值的班比那两个住院医生加在一起值的都多得多，但这对你没有用，葆拉。"

"桑蒂！"我不满地抗议，"你这种大家长似的权威口吻已经让我烦了。我告诉你我很好。再说，为什么现在要提这个？"

他想了几秒。12月的第一缕晨光透过百叶窗宽宽的扇叶无遮无拦地照进来，直射在他的双目上。他用一只手像帽檐一样遮在眼睛前，终于说话了："葆拉，医院不是你的家，这些孩子也不是你的子女。"

我垂着头，咽了口唾沫。我盯着桑蒂的鞋子。我父亲也有一双一模一样的，是老年男性爱穿的那种鞋子，非常舒适，质量优良的橡胶底能有效减缓地面的冲击，也能很好地适应脚部运动，就是和任何审美潮流都不沾边。这种鞋子的主人知道自己在做什么，而且永远把实用主义置于冲动之上。

我被包裹在他说出的话的回声中，而他用这双睿智的脚掌向前走了几步，走到那堆人中间。

"好了，行了，姑娘们，我想回家了。我跟你们讲一下昨晚夜班的情况。"

桑蒂对我们说话时，那个整骨大夫不知所措地在角落里等着。我假装没有被这个看着我成长为专业医师的男人的真诚攻势影响到，他把我的咖啡送给那两个住院医生，开玩笑说他希望她们和我们共事的这段时间至少要学会如何照料未来团队的成员，至少要做到像葆拉一样好。听到这里我甚至笑了。有的人在他的专业领域工作非常出色，然而在表达歉意时简直糟透了。

"不是你的家，也不是你的子女。"我不想评判他的话，我甚至不允许他的话穿过自己的上颞叶皮质区，也就是韦尼克区所在的位置，这个区域的程序负责将听觉信息转化成意义单位。"我不承认他的话是一个意义单位。我才不。他懂什么啊？"

桑蒂走后，马尔塔开始兴高采烈地跟我开整骨大夫的玩笑，说让我别犯傻，别犹豫，去跟他调情，他看起来真吸引人。这个世界都怎么了？

"够了！已经够了。马尔塔，别说了。你以为你在哪里工作？别忘了三床的女婴还没有确诊。分内的工作没做完之前你别想回家。瓦妮莎，拉克尔的检验得抓紧，两点前我们要看到结果。你们都打起精神来，时间很紧迫。"

她们惊讶地望着我。马尔塔觉得受到了伤害，对我摆出一副很难看的脸色，瓦妮莎飞快地走了出去。那个整骨大夫瞪大了眼睛还坐在那儿。

"你！"

"葆拉，请讲。"

他瞬间从椅子里弹了起来。

"不，别叫我葆拉。叫我希德大夫，明白吗？跟我来。"

我一反常态地把一件比他的尺码小一号的白大褂扔到他脸上。我以前从没这么做过，所以这有可能是我的新身份：一个坏脾气的单身女人，她把一切希望寄托于工作，星期天会和父亲一起吃饭。而她的父亲曾是广告作曲家，他新创作了一首甜蜜的旋律，将其命名为《美丽的女子》，在和她一起决定好是给旋律降半个调还是改成升C调之前，他是不会放过她的。那个单身女人每天都比前一天多跑一段路，以此对抗失眠，她的失眠以科普杂志里的文章为食，还天天黏在手机上，寻找一个再也没打电话来的木匠的名字。那个女人不喜欢生日派对，因为她觉得再没有什么值得庆祝了，她会亲吻冰冷的水晶相框，里面装着在圣胡安的欢乐时光和露天舞会的照片。她会在每个周六晚上准时替她最好的闺密照顾两个女儿，以便让她的闺密享受一会儿二人世界的生活。现在两个女儿都长大一些了，她也能多些时间和丈夫相处了。那是个管理银行工作的寡言的男人，但是至少他在那儿，他是存在的，他身上散发着上个圣诞节收到的古龙水的香味，他那些过于正式的服装占据着衣柜的一块区域。这位丈夫年轻的时候，也就是不久前还抽大麻，痴迷于模仿胡里奥·伊格莱西亚斯（Julio Iglesias），渐渐地，自从他穿上燕尾服向莉迪亚承诺无论顺境还是逆境、健康还是疾病都永远爱她、尊重她，他就抽得少了，拿到第一张超声影像时他已经戒了，也不再唱歌了；拿到第二张超声影像时，饭后在餐桌上闲聊时他已经开始说起分娩和辅食，直到最后变成了扑克脸。不管怎样，他在那里，即使过了这么多年他脾气可能变暴躁了，但他没有让莉迪亚变成透明人，她到家时，可以跟他说说环路有没有堵车，或者说到那个见鬼的排风扇一直响，讨论要不要给修理工打个电话。即使他失去了几年前那种勃勃生气，至少他会跟她道晚安，会每天早上在她身旁醒来。

　　因此，这个专横的女人可以取代政治正确的女人，还能把寄生在她体内的怪兽带出去散散步，不必遮掩，毫无价值，也没有令人激动的未来，因为，未来还有什么意义？如果活着要从起床、提醒自己呼吸开始，那么最好肆无忌惮地活吧，不要对任何人的任何事抱有期待。

我摔上门，加快脚步，整骨大夫走得上气不接下气，然后我停在新生儿重症监护病房门口喘粗气。

"我不会听别人说什么，要按我的意愿行事，有意见吗？"我冲埃里克喊道。

"你说什么？"他目瞪口呆地问道。

我过度沉迷于自己的思绪，世界都消失在我的视线之外。我不能告诉桑蒂我的理由，我必须停止自我反省，去关注我周围发生的事情。我可以给自己开药，哪怕就是为了我的神经，我还可以睡觉、滥用药物，但是没必要用药物解决一切问题：我的处境仅仅就是生活，发生中的和被阻碍的生活。"你已经厌倦了向没有好转或者已经在医院住了几个月的患儿的父母说明情况。葆拉，记住你跟他们说的话：你们去海边走走，去巴塞罗那海滩上的餐馆晒着冬日暖阳吃吃饭，孩子们会由可靠的医生照顾。"我闭上眼睛，努力想象大海的画面。

"希德大夫？你还好吗？"

整骨大夫碰了碰我的肩膀。我睁开眼睛时，他正忧虑地望着我，白大褂已经穿在了他身上，扣子扣得很勉强。根据他的胸廓尺寸，他看上去仿佛穿着某个超级英雄的战斗服，即将进入力量和超能力爆棚的状态。他突然向我发起了笑容攻势，而且他应该以为我是一个精神失常的人，不过有一点是事实，自从这次爆发以后，我对他不再那么抗拒了。

"我为我的行为向你道歉。"

"没关系，真的，希德大夫。"他重复道，看上去很困惑。

"葆拉。你可以叫我葆拉，用'你'称呼我就行。我原本觉得今天是一个比以往好的开端，但是孩子……我很抱歉。"

"我完全理解你，你别在意。"

我想指责他其实什么都不明白，但我克制住了。

"埃里克，欢迎来到新生儿重症监护病房。手要洗得非常干净，解开你的白大褂，准备好了我就要把我的宝贝们介绍给你了。在进去之前我想和你明确一件事，"他满怀期待地等我的下文，"我不认同你的研究。"

"但是那位大夫跟我说团队是同意的，我以为……"

"不，我从来没答应过。我不反对你们的理论，恰恰相反，我是认可的，但是我不觉得这些婴儿现在需要这些疗法。"

他恭敬地微微低下头，然后坦率地直视我的眼睛。

"谢谢你的开诚布公。我理解，有一个不属于你团队的人直接面对孩子，会让你觉得混乱或者充满疑虑。但我对我的专业有百分之百的信心。相信我。"

相信。"相信，葆拉，相信他，相信'生存下来的既不是最强大的物种也不是最聪明的物种，而是那些最能适应改变的物种'。葆拉，你要改变。"

　　我向他伸出手，他也把手递给我。我打开门，邀请他进去。桑蒂随便说什么都行，但是我，当我踏入这个世上的嘈杂都在此削弱了的病房时，我就到家了。

黑寡妇蜘蛛一年到头独自生活，除了一个令人毛骨悚然的特例：它会在交配后杀死伴侣并将其吃掉，这种凶残的交配仪式，使它"黑寡妇"的称号实至名归。

　　还有汉娜·伽瓦里——维克托·雷翁和雷欧·史坦恩为弗朗兹·雷哈尔的三幕轻歌剧《风流寡妇》构思的人物。汉娜年纪轻轻、美貌过人，她成为百万富翁的遗孀后，出于国家因素必须再次结婚。

　　然后就是我，可我不是节肢动物，也不曾和你结婚，所以没有任何适用于我的称谓，能让我融入这个似乎所有生物都得分类归档的世界。

　　南极洲没有蜘蛛，空气中没有，海里也没有。

10

当时我们在找出租的房子。在地段和价位之间，我们优先考虑地段。我们希望从黑夜到白天能一直享受宁静。毛罗执着地想要一个阳台，而我渴望阳光。我们各自在职场追逐梦想。和他共有一套房子，这在当时的我看来，太像一枚订婚戒指，像一个结婚的理由，或者像一只肯定会比你早死的狗，因为它最多只能陪伴你十二年左右。我父亲更倾向于买房子，他就像许多身份低微最终却出人头地的人一样，被对不动产的渴望侵袭着。我和父亲来自同一个地方，然而我从不渴望拥有自己的房子。我总是觉得，所有承诺永恒的东西都可能不告而别，它所填满的空间也可能一下子就被暴力清空。这样的事情时常发生在母亲、房子、宠物狗的身上：对爱情而言也一样。

我一度迷恋于巴塞罗那其他区域那些庞大公寓楼的外立面，它们像海市蜃楼一样令人目眩神迷。离开我所在的街区是一个可实现的愿望。我非常清楚，我远离了热闹的圣安东尼街区，这座由不同味道、肤色和移民组成的大熔炉，那是我长大成人的地方。那时，市场附近往来的人流、混合的肤色，让语言支离破碎又重组，向一种新的语言进化。这个充满生机和变化的现实世界吸引着我。但当我长大后，我开始因噪声、施工工程以及飙升的房租和房价而恼火，这就像一个洞，一点儿一点儿地改变了这个街区。街道上到处可见的暹罗酒吧也让我困扰，它们毫无怜悯地取代了那些代代相传的、让人高兴的买卖。最让我困扰的是我的过去。我那时坚信生活发生在别处。我去了城市另一端，巴塞罗那富人区的一个精致街区，在那里生活的大多数人，就像他们的公寓或者房屋一样，都那么表里不一。门里面，在过分修饰的嘴唇和锃亮便鞋的伪装之下，烹饪着令人不安的寂静。保守的人们，其中许多已经实现财务自由，并固执地坚信虚幻的经济安全，他们的生活远离任何被破坏的可能性，他们被冻结，沉睡在自己的美梦中。令人惊讶的是，每个星期天都有许多人聚集在教堂周围，年轻人梳着过分考究的、照着同一个模板剪出来的发型，还有许多家庭整体出动，带着一大堆箍牙套、穿Polo衫、头上戴过大的缎面蝴蝶结的孩子。不管怎样，我不知道他们会对上帝祈求什么、忏悔什么，或者感恩什么。然后他们会买烤鸡。在下雪的季节，还有夏季，在这个街区就见不到完整的家庭，只会看到优雅的老太太，她们养的狗比非洲角的每个孩子都更干净，吃得也更好。

　　我来这里是为了重塑自我。圣安东尼街区定义了我，而我想要的是让自己变得模糊，直到离开这里时，我才学会真正欣赏它。那时我已经获得了医院里的稳定职位，我渴望篡改我的人设。爸爸教育我要进取，而随着搬到新的街区，我坚信我可以把那个认识所有鸟类的书呆子葆拉抛到脑后，把自己变成一个冒牌的小资产阶级，毕竟我收入还不错。啊，对了，那时候我还坚信我能让他幸福。在很大程度上，人们努力进取都是为了满足父亲的心愿。搬到对角线大街以北的街区定居就像获得了新的社会地位。虽说是假的，但归根结底也是新的。我对这个街区的人不感兴趣，也没有试图去模仿他们，我只希望和过去有所不同，仅此而已。我背叛了我的本源，只为塑造出一个稍微好一点儿的形象。在干净的街道散步，被路过的浮华迷乱双眼，从而感受到一种虚假的快乐，这对我来说就足够了。然而，很久以前，那时候我还没有能力搬到更好的街区，我只能和一个从卡塞雷斯①来的翻译合租，分摊开支。她不管什么时间都在吹横笛，而我路过这里时，只能望着装饰着铁艺栏杆的探出式阳台，想象着自己独自住在里面。屋角停着一辆破破烂烂的小摩托，我骑着它毫不费力就能到达医院。然而接下来的某一天，你有生以来第一次真正坠入爱河。你是一个三十岁的女人。你的身体里在分泌多巴胺、血清素和催产素，你开始放松。过去几年和你一起生活的那个卡塞雷斯姑娘被抛在脑后，为了不跟爸爸要钱，你打算再合租另一套房子。你非常喜欢并且注视过许多次的那套，无论横看竖看都有着优雅的对称性，它的大门上点缀着装饰线条，正面的外墙上装饰着粉色花砖。毛罗神秘又聪明，他把你迷住了。当你把他的内衣和你最喜欢的棉衬衫一起塞进洗衣机时，当你开车而不是骑摩托时，当你们一起到一直以来都被你私藏的度假地点旅行时，当你

①　西班牙中西部城市，埃斯特雷马杜拉自治区辖下的卡塞雷斯省省会。

与他的家人见面并简短而别扭地把他介绍给你的家人时，你让步了；当你不愿意去想太多时，你也让步了。

我没有对抵押贷款妥协，我们租下了一间一见钟情的公寓，在这里无拘无束地相爱。

把毛罗视为属于我的，这对我而言很费力，我需要认真思考。结婚等同于买下一间公寓的产权，而不结婚则更像是租了一间公寓。因此，我拥有一个租来的男人，他细心，戴眼镜，自带某种节日气氛。我不知道自己和他在一起是否因为希望"占有"他：但就目前而言我喜欢他，这就足够了。我喜欢和他聊天，喜欢听他为我读书，喜欢他对政治的愤慨，也喜欢他对许多其他人都不会做的事情的投入——他乐于拯救植物和小动物，还向大自然保护组织捐款。每个节假日，我喜欢从我们的卧室里观察他在露台上忙碌的身影。我们同居没几年，某个夏天的早上，他走进房间，额头上挂着成串的汗珠，指甲缝满是潮湿的泥土，手里还拿着一把耙子。他说起假期结束的打算，说起秋天，说起想和朋友们庆祝什么。"就在这儿，"他说，"我种了草莓。"他谨慎地看了我一眼，那是关于承诺的眼神。当爱情分泌化学物质，你让步了，接下来秋天仓促而至，树叶纷纷飘落，一枚戒指落在你的手指上。随着同居时间变长，琐碎摩擦，我的大脑中残存最后几滴苯乙胺，这种属于安非他命家族的化合物促使我优雅地收下这枚珠宝，并且使我体内喧嚣不已的忧虑海啸平息下来。我一到医院就会摘掉戒指，把它和书包、外套一起放进储物柜。我把新生儿的脆弱娇贵当成这种背叛姿态的借口。圆环形状的戒指，就像一个无始无终的意象，就像是永恒婚姻的威胁。订婚的葆拉被锁在柜子里几个小时。几年后我仍戴着它，几乎意识不到它的存在，当它在我的无名指上留下一个小凹痕时，我已经回答了两次"不"。我不想结婚。毛罗放弃了。我们吵架了。我们和好了。我们继续在一起。大门口的花砖、露台、阳光、手上的戒指，一个人的和另一个人的内衣在洗衣机里不停地打转。欲望一点儿一点儿地从排水管流走，一切都不由自主地变得岁月静好，完全机械化的平静。戒指收了起来。关于尺寸的借口就足够用了——我戴着不合适了，我只在某些场合才会佩戴它，就是那些处于普通生活、拥有稳定伴侣的人理应觉得特殊的场合。双方都已经让步了这么多，以至于都不会再注意衣服接缝处勒出的肥肉，就像戒指，就像斯德哥尔摩综合征。谁都没错。只是这样发生了而已。

我在托马斯家。他睡了。我的视线落在街区的道路上，在清晨的这个时段，街道都沉浸在昏昏欲睡的气氛里。圣诞节的彩灯已经布置好了。圣诞节。我的喉咙里像是有一口酸掉的牛奶向上涌，但是我又把它咽回去了。几个小时前和莉迪亚在一起的时候，我又戴上了订婚戒指。这么多年不戴，我再次感受到了毛罗把它送给我那天，我手指上的压迫感。我的拇指蜷在掌心里，转动这枚久不见天日的戒指，我抚摸它，它毫无问题地适应了我，就好像从未有人打破那个圆环。

莉迪亚几个小时之前就到家了。我陪她去采购了圣诞节的东西。她已经变成了一个事事未雨绸缪的女人。我还是更喜欢她以前的样子。那时候她是系里的风云人物，会临时准备去遥远的、既没有电也没有自来水的地方医疗远征。我就不对她说了。

"你想好要怎么过生日了吗？"

"哎，莉迪亚，你别这样。你，托尼和孩子们，来我家吃晚饭，就这样。"

"你说得不对，女王。上帝命令我们开个派对。不要提孩子们，她们会离得远远的，拜托了。托尼嘛，到时候再说。"

"你太能张罗了。"

她一边抱怨冷一边上楼回家，在镜子前把一件外套穿上又脱下，反复三遍。她觉得衣服的颜色不理想。她用几个小时让我了解了一个不同的世界，并对它失去了兴趣。她和我说起周年纪念日、电影还有餐馆；她和我说起她与她女儿同班同学的妈妈们私下的谈话，说她受够了她们。

"你记不记得我跟你说过的特别傻的那个？她以为班级代表有参议院副议长那么重要。"

我不听她说话了，开始思索假如我有女儿，我会不会知道她们班的班代表是谁。我假想中的女儿一定得频繁提起那个名字才行。我的女儿一定得每天早上提醒我，说我是一个母亲。她会坚持声称自己受不了那个阿姨，就算在街上偶遇时也是看心情打招呼，也可能什么都不说。但是没关系，因为她和班级同学完全没有交集，她自己已经有很多工作了，尽管现在有四个母亲想说服她，在圣诞假期前那个学期的最后一天得登上蒙特塞拉特山，摆一个耶稣降生模型。

"你见过我打扮起来，要爬上一座山，去摆放耶稣婴儿像的样子吗？"

她一边从一个话题跳到另一个话题，一边在装着买来的东西的各个包装袋里翻来翻去。最近她什么都抱怨：她抱怨工作，因为她比钟表工作的时间都长，总之，一整天都在做检查，为孩子们看诊。他们明明只是得了简单的感冒，陪同看病的妈妈们却歇斯底里，把流鼻涕当成绝症；她抱怨父母，因为轮到他们去学校接孩子的时候，他们常常忘记是该星期二去还是该星期五去；她抱怨丈夫，在她口中，她丈夫就像是一个魔术把戏：她有时看得见他，有时看不见他；她抱怨自己那条街上的施工项目；抱怨咖啡凉了；抱怨毛衣的毛线扎人。各种抱怨。莉迪亚变成了一个越来越暴躁的女人，我很难在她身上找到她曾经输送给我的安全感。现在的生活待她不薄，她却对这样的生活感到困扰。有的人解决矛盾时能力超强，顺风顺水时反而无精打采，熄灭了自身引以为傲的光环。即使不愿意接受也无济于事，友谊也会像书籍或者电影一样变得老旧，刹那间就陈旧过时。我因这样的想法而伤感。但是我不允许自己失去更多喜欢的人，所以我必须继续这场游戏。

她让我坐在床边，给我试用了一套眼影，据她说能够彰显我神秘的眼神。我满脸怀疑地望着她，但是她坚定地继续她的动作。我也任由她给我刷上睫毛膏、打上一种限量版的名为"高潮"的腮红。她冲我挤挤眼睛。在她让我闭上眼睛,好给我化妆时,她的自言自语像永不止息的声波,也轻柔地捧起了我的脸。她的手指落在我皮肤上的触感淡化并抹掉了她的声音。十二岁那年,我戴了牙套,当我父亲有未完成的工作、一小时一小时地把自己关在书房里时,他会让我一个人去看牙医。我的父亲为节目间插播的广告和收音节目的楔子创作广告音乐,那时正是原创广告音乐的寒冬。我已经习惯了和他一起生活,但即便如此,他不陪我去看牙医依然是件令人悲伤的事情。我从没说起过,但其实我很害怕。不仅因为医生调整工具的角度,为我拧紧臼齿后方的金属丝时的疼痛,还因为我是候诊大厅里唯一一个没有家长陪同的孩子。我哆哆嗦嗦、羞窘欲死地等待护士叫我的名字。与此同时,我观察所有那些彬彬有礼的母亲(有个别父亲,但还是母亲居多),她们翻动着杂志的书页,惯常的外表之下是无动于衷,机械地回答着孩子提出的问题。她们很好闻,佩戴着珍珠和手镯,在整理没折好的衬衫领子或者绑鞋带的时候,镯子会叮当作响。她们是甜美的母亲、充满保护欲的母亲。她们是候诊室里的母亲。在看牙医的过程中,我获得了一种亲切的感觉,这些年我从未在别处有过这种体验,也许是因为,随着我逐渐长大,我对感情的需求降低了。但实际上,等待牙医的时候,牙医助手会把冰凉的工具放进我嘴里,她们把手放在我脸上时那种温柔的感觉,我不记得在其他地方感受过。助手轻柔的手指每每触动我,把我从每次都独自看牙医的小小不幸中拯救出来。爸爸对于鳏夫的身份安之若素，他从来都不是一个善于用肢体语言表达爱意的男人。直到我发现自己沉迷于牙科诊室里消毒水的气味，我才知晓自己对那种直接的情感表达是如此渴求。莉迪亚给我化了妆。她的手指带给我相同的感觉。

"葆拉……你睡着了吗？……我说，这些东西给你放在哪里？你比我更适合这些颜色。"

她一边把那盘腮红放到斗柜抽屉里，一边继续絮絮叨叨地说着话。突然间她沉默了。我们困于寂静之中，这种沉默很像是不久前那场暴风雨，鸟儿飞得更低，所有预见到暴雨来袭的动物都惊恐逃窜。

"葆拉，戒指！"

她把戒指从绿色天鹅绒盒子里取出来，合上盖子的时候，叩击声就像一声雷鸣。暴风雨无可避免。

一枚戒指。

朋友聚集的露台。

欢笑声。

同谋。

我们吃饭。

我们喝酒。

我们继续分泌多巴胺。

植物旺盛地生长。

我们装饰这里。

我们庆祝。

我们活着。

"我好几年没戴了。对我来说太小了。"我假装无动于衷，实际上却充满敌意地望着这枚珠宝。

"你以为我没注意到吗？我一直觉得它非常漂亮。"

一枚单钻，小巧的圆形钻石，优雅而又不过分张扬。她说得对，这枚戒指是很漂亮。

"继续戴着它吧，葆拉。"

"你说什么呢？"我反对道。

我们互相望着。我先是数了她鼻子上的十颗雀斑，以避免自己情绪激动，但她还在探究我，蓝眼睛就像一面镜子。我看到她瞳孔中的自己孤身一人，没有孩子，没有狗，甚至连植物都没有。保管一枚放在盒子里的戒指没有什么，尽管如此，假如我试着解读得更深，假如我继续解读她蓝色眼眸中目光的意味，手指上的戒指就会给我一个定位，就会让我自得其所，就会为我省去令人不快的解释。从实际效果来说，那枚戒指会向我崒出一个称谓——"寡妇"。

"葆拉，毛罗曾经非常爱你。但是全世界都有一种存在主义危机，尤其是在这样的年纪。"

"莉迪亚，你不要再说下去了。"

然而她还在继续。她一边从自己的羊毛衫上揪下一个小毛球，放在两根手指间旋转，一边说着"那个姑娘"，说她和毛罗的关系没持续多久。我后悔告诉她那个舞蹈演员的事情了。我在内心深处衡量到底多久算是"没多久"。他们在一起的那么多个月是不是可以被视为"没多久"？毛罗手机里存着的关于他们未来的计划算不算是"没多久"？

"我和基姆通电话了。"我像吐痰一样蹦出一句话，试图打消她为我规划一种已不存在的人生的企图。她眼中的海洋好像平静了下来。她微笑了，轻率地挑起一根眉毛。"或许我们12月底会再见面吧。"

她的目光清澈起来，但我又开始忐忑不安了。这种感觉已经存在了几天。我的身体已经变成了一副穿上铁甲的骨骼，能够进攻战壕，继续向前推进，但是每次战役结束，我都会在自己身上发现一处小伤口，使我更虚弱，显示出我不断被削弱的抵抗力。我不禁思考：战争到底要持续到什么时候？而我还能坚持多久？

夜晚乌云密布，我迫切需要逃走，让死气沉沉的时间快进，唤来春天，让光照进来，去工作。我把笔记本电脑拿到沙发上。我穿着睡衣，脸上妆容完好，就像一个演出结束后还待在化妆间的小丑，一个手指上戴着戒指的小丑。我喝了第二杯葡萄酒。我努力回想之前的我是不是也对酒如此沉迷。我知道我那时不这样，我知道我不应该喝这么多酒，但我假装我突然对此产生了怀疑。当一个人独处时，有必要保持一定程度的自我对话，给自己划定界限，不能过于放任自己。酒精只需要五分钟就能进入血液。我的计划是躺在这里，让乙醇抑制我的中枢神经系统，让我入睡，减轻我大脑和感官的紧张感。然而计划失败了，有点儿像最近事与愿违的一切。于是，我屈从于好奇心，在谷歌图片搜索中输入了"寡妇"这个词。基本上，我见到了两种刻板印象：一种是孤独而悲伤的老年妇女，其中有些穿着黑色衣服，但并不是所有人都这样；另一种是年轻而充满魅力的女性，她们渴求男人，急于告诉世界自己已重返市场。看来有两种有效方法能概括这个重要的新标签，然而对我而言，这两者都没有意义。我隐约记得另一位寡妇，那是我们到圣佩雷德罗德斯修道院附近远足时，毛罗和爸爸聊起的一种植物的名字。我坐在一堵矮墙上，看到他俩穿着短裤、背着背包，用手指着那种紫粉色的、几根长长的芒像星星一样绽开的花在聊天，而我不耐烦地等着，希望能在太阳下山之前及时赶到克里斯奎斯的海滩去洗个海澡。那时候我还不知道，在我皮肤上看不见的某处，会绣上一种蜘蛛或者一种花的名字。

我一口喝掉杯子里的酒，粗略地浏览新闻标题，却看不进去。这个世界已经无法让我产生兴趣了。我重新看了两封工作邮件，打开父亲发来的周末和朋友分享海鲜饭的照片。我现在的日子是一片荒漠。

我拿起酒瓶、另一只高脚杯和钥匙，不假思索地上楼去了托马斯家。

"看着我。我是寡妇的模样吗？"

"见鬼，都几点了，葆拉！进来吧……" [1]

他的公寓有烟草的味道。我问他抽油烟机还好用吗。他挠挠头，半梦半醒，含糊地咕哝着问我希望他先回答哪个问题，是关于我外表的问题还是关于抽油烟机的问题。他的头发乱蓬蓬的，而我不可抑制地大笑起来。我喜欢他那头不好定型的头发。我吹了下他的刘海，他嘀咕着什么我没听懂的话，从封套中取出一张史提夫·汪达的黑胶唱片，然后极其小心地提起唱片机的唱针，把它轻轻放在圆形的唱片上。我递给他一杯酒。唱片机开始读取唱片，唱针在唱片表面的纹理上摩擦，发出吱呀的声音。我问他为什么我们要在人类变革的过程中摒弃这种声音，我们一致认为应该把这种声音收藏到博物馆里，并为此干了一杯。他悲伤地跟我说了我已经知晓的租房合同的事情，他的房子很快就要到期了，却又不能续租，因为业主把房子送给了自己结了婚的女儿。我们沉默着观察四周的空间。我拍拍他的肩膀，承诺不管他去了哪里我都会去看他。过了一会儿，酒过三巡，我们坐在沙发上和着《兼职情人》(*Part-time lover*)的音乐跳起了舞。我们晃动身体、肩膀、胳膊和双手，但是我们太疲倦了，没法站起来。他吐出烟圈，然后我和着音乐的节奏用手指把烟圈戳破。他的眼睛红红的。我知道他是为了我强忍着睡意。

我们是两个成年人，就像其他的许多人一样，我们游离于家庭圈子之外，游离于母亲、父亲或者伴侣的身份之外。两个与别人没

---

① 原文为英语。

有亲密牵绊地活着的成年人。我们是自由的，也或者，我们是我们的自由的囚徒。我知道那个穿皮裤的金发女人有几晚睡在这里，只有几晚而已。是托马斯自己在选择何时有人相伴，何时继续在这座庞大的城市扮演一个孤独的灵魂。这是我从现在起要做的选择吗？如果毛罗还活着的话，我是否会跟托马斯做一样的选择？托马斯选择自己待着，而我，恰恰相反，虽然我并不想放弃孤独，却突然遇到了某个人，他填补了我全部的孤独，抹去了我每日与自己相伴的个性。我学着去适应自身的矛盾性。先是分享一个吻、一个私人的角落、一份信赖、一间公寓，最后分享整个人生。直到这里一切都还在我们手中，我们或多或少还控制着这种惯性，直到偶然事件发生，只留下几段模糊不清的回忆和既无法倒回又无法前行的无力感。我的孤独感和托马斯的并不相同，因为我在期待一个改变，生活在我的背上留下抓痕。

酒精让眼皮发沉，我想躲在这里。香烟灰白色的烟雾笼罩下，我孤独的朋友怂恿我听了一张又一张20世纪80年代的黑胶唱片。

我想和托马斯待在一起，他抚摩着我的头发，跟我坦白他困了，明天还要早起，如果想留下的话，我可以睡沙发。

我用恳求的眼神请他再给我讲一遍那个我特别喜欢的故事，关于他是如何仅仅因为读了胡安·马尔塞[①]的一部小说，就抛下了纽约的一切，双手空空地踏上了这座城市。毛罗爱极了这个故事。我喜欢现在由我来听这个故事的感觉，我又一次怀疑，也许人们说可以

---

① Juan Marsé，西班牙作家，1933年生于巴塞罗那。

感觉到死去的人存在，实际想表达的意思是，你可以让其他人（的喜好和习惯）活在你身上。托马斯说起他的精英家庭，说起纽约到这里有多少千米的距离，说起要么获得新生，要么死去。他停顿了一下，检查我的眼睛有没有合上，并悄悄跟我说："你看起来不像寡妇，你只是像一个美丽的僵尸。"①

　　我微笑着睡在这里，睡在一张桂皮色的沙发上，身上盖着不知道干不干净的毯子。我睡得很沉，大概有几个小时，然后被街道上的雨滴声吵醒。我看向窗外的建筑，几乎所有窗户都黑着，只有几扇透出微弱的亮光。独自一人应该就是这样。我惊讶于自己居然喜欢这种孤独的感觉，因为这反映出我认识毛罗之前的渴望，因为这反映出我终究能走出这个困局。孤独会衍生出一种不同的情感，是对活力和坚强的邀请。"世界是属于勇敢者的。"我对玻璃上映出的那个懦弱的人说道。我回到家，准备好利用这个意外发现。我摘下手指上的戒指，放进盒子里。这次是永远收起来了。

---

① 原文为英语。

11

埃里克检查了马哈维尔的头部和他只有成年人半个手掌大小的躯干。他非常缓慢地触碰着婴儿，手法异常轻柔。我始终盯着他。我们已经进行了四个疗程，我还没有对他坦诚，说马哈维尔腹胀的情况的确有所缓解，而且在他为马哈维尔治疗的日子里，马哈维尔看起来都非常平静。然而这位杰出的胸腔整骨大夫并不满足于只改善腹胀问题。他跟我说，他还需要继续研究，看皮肤抚触还有哪些潜在的作用原理，能为婴儿提供生理和心理上的治疗效果。我发觉我很难不一直盯着他看，我必须时不时理一下头发或者把手放到后颈，假装没有特别专注。他说出"积极作用"这个词时，我挠了挠耳朵后面的皮肤，但其实我一点儿都没觉得痒。他把手伸进保温箱，眸色深沉，小心翼翼地摆弄马哈维尔，仿佛婴儿随时都会在他手指间解体。看到这个场景时我有一点儿失控。他工作时自带的那种张力让我动容，我觉察到某种类似于嫉妒的情绪。他戴着几条破旧不堪的手链，有绳编的也有皮革的，三十岁，是毕尔巴鄂竞技队的球迷。他祖父是巴斯克人，现在还健在，住在格乔镇。他出生在巴塞罗那，但是他对1982—1983年的联赛有印象，那时他坐在祖父的肩膀上，在河口为球员们鼓掌。他说这些的时候垂下了眼帘，使他看上去有些脆弱，好像依然纠结于祖父和一支足球队的羁绊。这个圣诞节他要和四个朋友去摩洛哥旅行。他说，他们不打算订酒店，有点儿像背包客去冒险的意思。"让我和你们一起去吧。"我绝望地想着，然而只是朝监控器看了一眼。他没戴婚戒。虽然冬天已经临近了，可他皮肤黝黑，后颈上的头发微卷，看起来还是个孩子。他笼罩在胜利的光环中，从小娇生惯养、顺风顺水，对目标势在必得。他的父母一定从幼儿园阶段起就对他灌输"你是最棒的"这种观念，他身上有种罕见的温柔又严格的气质。几个小时后，我就会知道，他在奥林匹克运河玩皮划艇，他会用"左舷"和"右舷"这样的词汇填满我们脸庞之间的空间。我还会知道他闻上去有薄荷口香糖的味道，那是为了盖住烟味，但他抽烟是我后来才知道的事。现在他沉默地摆弄着保温箱里的马哈维尔，然后转过身，再次望向我的眼睛。

"你觉得今天我可以按摩他膈肌的区域吗？他一直在哭，所以膈肌是紧绷的，我觉得我能让他放松下来。我知道你跟我说过几次可是……"

"你继续吧。"我以偶然出现的和蔼态度对他说。

他惊讶地望着我，然后感激地笑了。我清了清嗓子，又挠了挠耳朵后面，其实完全不痒。最后我把不安的双手藏进工作服口袋里，然后我们就没再交谈。

天色渐晚，泛着蓝光的薄雾笼罩着医院入口处的花坛。准备上车的时候，我看到那个整骨大夫站在停车场出口附近。他正在点烟，一只手罩住打火机的火光，脸向前探着，眼睛在火光的热度下微微眯起。我想到了我空空荡荡又一尘不染的厨房、没滋没味的食物和冰箱的噪声。我想起了舞蹈演员，开始推测她是如何迈出接近毛罗的第一步的。我关上车门，朝整骨大夫走去，我也不清楚我为什么要这样做。我可能只是想感受一下她当时那种肆意妄为的感觉。

"呃，埃里克。我看到你在这里……从那边看到的。"我转身指了指车的位置，无法相信自己用了如此滑稽的手势和说法。但他看起来并没在意，"需要捎你一段吗？"

"不用，没关系。我骑摩托走。但还是谢谢你。"

"对了，虽然我们会在下一个疗程中做点评，但我还是想提前告诉你，尽管迹象很微弱，但我观察到马哈维尔好转了。"

他的目光一下子亮了。他微微侧头，嘴唇歪向左边吐烟圈时，眼睛依然满怀希望地盯着我。我跟他提到在婴儿的身体数据中有四项发生了变化。

"好家伙！现在你真的让我开心起来了。"

他和我说起一项研究：用一张透明隔板把黑猩猩幼崽和母亲分隔开，就会制造出一个类似于保温箱的环境。

"黑猩猩能看到母亲，听她说话，闻她的味道，但是不能触摸她。"他用小拇指弹掉舌尖上的一点儿烟草，"研究发现了一种下丘脑—垂体—肾上腺轴的长期激活机制，通过透明隔板与母亲分隔开来的幼崽只有和其他幼崽发生身体接触时，"他又停下来吐了个烟圈，"它们才开始正常发育。"

我没说，其实这个研究我读到过好几次。我任由他以为自己凭借学识给我留下了深刻的印象。我想象着透明隔板的样子，我听见黑猩猩幼崽想触碰母亲但发现是徒劳时发出的尖厉叫声。它望着母亲，闻她的气味，听她的声音，但触碰不到她。她不会拥抱你。透明的残忍。突然间，那个画面让我觉得无法忍受。我抓住他的胳膊，问他有没有打算，比如，我们要不要庆祝一下马哈维尔的事，或者做点儿别的什么。

他笑了，几乎没发出声音。他的圣洁光环变大了，他好像一点儿也不急切，而且好像一点儿也不对我的反应感到吃惊。我觉得他看起来更年轻了，我头一次期待他给我一个指令，做一个决定，让我们的角色反转。他把烟头摁在铁艺栏杆上熄灭，离开我几步，把烟蒂扔进垃圾桶。这个距离预设了我们这天晚上的结局。

"你想去哪里？"

应该就在那时，他把一颗薄荷口香糖塞进嘴里，然后我靠近他，羞怯欲死地在他耳边低声说，我不知道，但是我很冷。跟着一辆摩托开到桑茨，轻而易举地找到一个停车位。爬上旋转楼梯，在一间我从没去过的公寓里喝一听啤酒。屋里有一个用灯管照明的鱼缸，墙上挂着一只船桨，还有一个书架，上面放着寥寥几本书和精心布置的小玩意儿：骰子、玻璃球、奖杯、一个魔方和一张毕业照。

"我没想到会有客人，抱歉，房间有点儿乱。"

他在手机上输入了什么，我马上想象出一幅全息影像，四个朋友因为埃里克说他带了一个熟女回家而哈哈大笑。"解释一下什么是'熟女'。"他们会欢快地这样追问。"我也说不好，四十岁出头。"而且肯定还会配上几个聊天表情，把我变成年度笑话。等到他们跨过了阿特拉斯山脉，站在某座沙丘顶端，他们会追问熟女的体验是不是格外爽，而他会让他们一边儿待着去，同时攥起一把沙漠清晨冰冷的细沙抛撒出去，一群男生笑着、尖叫着，满是年少的气息。趁这种阴影引导我走向自我毁灭之前，我脱下牛仔裤、高领毛衣、坦克背心、袜子和内裤。我浑身的汗毛都立了起来。穿上这些散落的衣服的这个早晨，如今遥远得像是另一天，反正不可能和此刻是同一天。

"给我解释一下抚触疗法的疗效。"

他专注地望着我的眼睛，然后拘谨地笑了，因为他不知道我这么说是出自真心实意。接下来一切变成了肉体、皮肤和唇舌交错的一团乱麻，我们没有离开过这间狭小的餐厅，我们是在沙发上做的。我敢肯定他会坐在沙发上吃从中餐馆买来的寿司当晚饭，而且会坐在这里玩上几个小时手机。他的动作太过急促，沙发又太过狭窄，但是管用，我对自己说，是的葆拉，它作为助兴的东西很管用。"希望他对你还算中意，哪怕就这一回而已。"我触摸他，确保他在那里，因为我什么都没有感觉到。我抓住他的臀部，双手用力掐住他的肩膀，他的呼吸加快，发出一声短促的、濒临窒息的抽噎。空空如也。一股薄荷和烟草味道的哈气。他短短几分钟就结束了，把沉重的头倚在我的胸脯上。现在想来，之前在停车场的那段距离，我和垃圾桶之间的空间，分明没有感情流露的迹象，这个靠在我身上的脑袋的重量已经表明了他的无辜和我的过错；现在想来，我在想象毛罗还活着，想象他目睹了整个过程，而我带着报复的气势望着他，孤身一人、内心空虚；现在想来，那段距离显现出我渴望回家，晚上我会梦到黑猩猩幼崽朝着透明隔板伸出小手，因为无法触碰母亲而发出孤独的尖叫。它们因为缺乏触碰变得歇斯底里，内心绝望，得不到拥抱是对它们的惩罚。

你好像变成了一个亟待解决的问题，这就是你给我的感觉，就像那些你罗列的没有尽头的清单上悬而未决的事项，我们永远找不到时机完成那些事，不是吗？

"整理照片存档。"

"在停车场的收据上写上地址。"

"买清漆，准备给露台上的桌子抛光。"

"打电话给维修人员，解决抽油烟机的噪声问题。"

在这同一张清单上，积攒了我永远没有机会对你说出的责备和我对自己的谴责，装满怨念和泪水的心脏能感到压力应该是正常的。当对你的怨恨已经不再奏效，我想为你的离去而哭泣时，我会用脖子肌肉组织的力量努力把泪水憋回去，这样我才不会屈服于双重悲剧带来的情绪。我低声把脖子上的肌肉组织都复习了一遍，直到把你变成一幅冰冷的解剖图挂画为止，一点儿一点儿地离你远去。"胸骨甲状肌""胸骨舌骨肌""胸锁乳突肌"，我一遍一遍、无休止地重复着，但是你总会回到我的脑海里，你戴着眼镜，手里拿着待办事项清单。

我躺在床上，心不在焉地望着露台。慢慢地，所有的植物都快死光了。你之前是怎么照顾它们的，毛罗？只浇水应该还不够。你经常跟它们对话。你从没有公开那么做，当着别人面的时候没有。你总是说，和植物对话是一种私密的、润物细无声的行为，对那些不相信奇迹的人来说，这是一种宗教仪式。我站起身，深呼吸，然后在清单上加了一条：练习和植物对话。

12

今天早上，天空中有珊瑚色的朝霞。8点17分，我站在医院大厅后面的楼梯平台上，紧紧握着一杯咖啡，看太阳慢慢升起。只要值了夜班，隔天早上我总会来这里。这里挺好的，在这个时间段，除了偶尔有工人出来抽烟，一个人也没有。埃里克经常出来抽烟，但是，从现在开始，我们会很小心地避免在UCIN外面偶遇。我们没能成为一对好聚好散的情人。既没有后悔，也不想再继续。实际上，什么感觉都没有。我们避免对视，把精力都集中在这项研究上，集中在他有魔力的双手上。这双手曾为病人带来生机，也曾在我的胸部和两腿间因畏缩而颤抖。我是一场造成惊恐的地震。我们应该很容易就能忘掉的。

从这里能看到整个巴塞罗那，从东到西，清晨的第一缕光给林立的建筑染上银光。在这里，这座庞大城市的噪声被压缩成一种邀请我离开医院的嗡鸣声，然而我还不想离开。我的手机上有一个未接来电：毛罗妈妈。手机的通话图标上有一个红色的数字"1"，提醒我未接来电的存在。有好长一会儿，我脑子里只想着这个未接来电。红色很醒目，它天生就是代表通知、警报和危险的颜色，就像为幼崽奋力捕猎的母狮子下巴上的血迹。如果我离开医院，我就必须马上回这个电话，但如果我多待一会儿，我就能晚些时候再胃疼，也给我腾出时间想想这个电话有哪些可能的来意。我首先想到的是，他的家族中又有什么人死了，可能是姐姐患了卵巢癌，或是某个老人突发心脏病。我无法摆脱反复出现的恐惧感。我试着保持镇静，即便如此，我还是决定在这里多待一会儿。

今天一早我们进行了一场复杂的分娩。严重的低氧血症。我们会为新生儿适度保温，并监控几天。我想在回家前再看她一眼。"好借口。"我对自己说。这次没轮到我去跟婴儿父母摊牌，但我脑子里一直想着他们的事。昨天我在产妇分娩前路过她的病房，她给我看了一对袖珍的花朵形状的耳坠。她的目光中充满温柔与期待。几个小时后，她的目光中只剩下惊愕。我怀疑他们要怎么让两个截然不同的概念相容，一个是花蕊闪闪发光的白金花朵，一个是严重的缺氧缺血性脑病①。这就是生活，某天它展示给你玫瑰色的天空，转天给你看的就是无尽的黑夜。

"回家吧，葆拉。你看起来很累。"特蕾莎是负责跟进那个女婴状况的助理医师，她用医生的眼光审视着我的脸庞。这是职业病，

———————————

① 新生儿缺氧缺血性脑病（hypoxie-ischemic encephalopathy HIE）是指在围产期窒息而导致脑的缺氧缺血性损害。临床有一系列脑病表现。本症不仅严重威胁着新生儿的生命，还是新生儿期之后病残儿中最常见的病因之一。

我们之间都这样互相关照。"我和她父母谈过了，婴儿现在状态稳定。你安心地回去吧。"

"好的。我换下衣服就回家。希望你们值班一切安稳。"

"回去睡一会儿，听到没有？啊，对了！"她说着，脚步没有停歇，"你会参加周四的聚餐，对吧？"

聚餐。周四。我把这个日期记在脑子里，趁特蕾莎轻快地甩着马尾辫拐过走廊时，我偷偷走进UCIN。

那个女婴沉睡着，没有戴耳坠，两颗兵豆粒一样的耳垂小巧纯净，它们还得等一段时间才能打耳洞。她戴着一些别的珍贵首饰：贴在胸脯上的监控贴片、输液泵和脚上闪着红光的电极。红色的数字"1"又回到我的脑海里。我得回电话了。婴儿取名叫阿尔贝塔。她爸爸跟我说，她曾祖母也叫这个名字。我没想到会在这里遇到他。每次他看我的时候，都用带着黑眼圈的眼睛恳求地望着我，希望我能对他说，特蕾莎给他们解释过的所有那些可能出现的后果都不会发生在阿尔贝塔身上。我回避了他的目光，我很累，我觉得自己没法安抚一个未来已经被颠覆的人。他一秒钟也不肯离开保温箱，这让我觉得不舒服，我没法集中精力。我假装在检查呼吸机，跟他说一切都在掌控之中。我往里走，来到马哈维尔的保温箱旁边。

"你好，小王子。"我趴在玻璃上低声说。

他醒着，两只手的手指略带痉挛地抻直，做了一个他特有的鬼脸。我检查了一下医嘱记录，我才交班一个半小时，交班后他们又给他做了一次气道正压通气。我叹了口气。

"别这样对我，亲爱的。我们说好了都要拼尽全力的，不是吗？"

我重新把遮光毯盖在保温箱上，心情不佳，正要从进来的门原路溜走的时候，迎面撞上了皮莉。

"你在这儿干什么？你今晚不是值过班了吗？"

"呃，皮莉……你吓到我了！我这就走。听我说，这周我想给马哈维尔做一个超声心动图检查。我想再排除一下肺高压。"

"我说，超声心动图没那么紧急，对吧？另外，如果你们之前没商量好的话就不要给我下指令，我会被你们不同的要求搞疯的。哎呀，葆拉，说真的，你去散散步，或者到海边吃个早餐。去吧，你需要去透透气，我的孩子。你得偶尔离开一下这座医院。"

她把短粗的双手插进隔离衣的口袋，半是同情半是责备地看了我一眼。我脸红了。我不知道她这么关注我。我不知道自己能去向何处。没有人在等我。

我有一肚子的话想跟皮莉说。我想问她能不能给我五分钟，愿不愿意和我一起在门口的长椅上小坐一会儿，想告诉她我还是很懊恼；想问她觉不觉得我在医院墙壁之外的人生，不管从短期、中期还是长期来看，都会一直如此无趣；想问她觉不觉得我是一个无聊的女人；想问她觉不觉得我头上已经冒出了太多无情的白发；想问她知不知道毛罗的母亲想干什么；想问她能不能替我回这个电话；想问她能不能给我一个拥抱。但最终我只问了她聚餐的事情。

"你周四会参加晚上的聚餐吗？"

我挤出一个笑容，打断刚才的争论。

"我不知道。我对你们的娱乐活动来说太老了。而且，你们总是怂恿我，最后就变成我一个人在卡拉OK唱歌了。"

"如果你不去，我也不去了。"我冲她挤挤眼睛，留她在原地一边嘀咕着什么，一边洗手准备进入病房。

我想起上一次和同事们的聚餐，忍不住笑了起来。我独自对着更衣柜换衣服，回想起大家在瓦妮莎舅舅的酒吧吧台上跳舞，我越想控制住笑声，越是笑得难以自抑。我们还让皮莉站上了吧台。我转过身。这里一个人也没有，独自哈哈大笑让我觉得自己是世界上最愚蠢的人。谁会一个人笑成这样？我想象出一种罐装笑声，就是电视节目里负责引导观众发笑的那种笑声。一种取笑我的笑声。我关上柜门，摇摇头。我没有值得大笑的理由，但我会说我有大笑的权利。万一我是失去理智了呢？"9·11"恐怖袭击之后，纽约人普遍认为喜剧已死，他们再也无法哈哈大笑了。喜剧演员茫然失措，喜剧俱乐部纷纷关闭，没人知道它们什么时候会再次开张。娱乐节目的主持人们完全不讲笑话了，人们觉得一切都不会再和过去一样。但是随着时间流逝，人们开始用"9·11"事件编起了笑话，悲剧就这样渐渐变成了娱乐的一部分，这只是一种对抗恐惧的防御机制，是一种可悲的求生尝试。

我笑了，因为隐约记起了那天晚上我和马尔塔在卡拉OK的二重唱，然后我意识到，有一条极其纤细的线，分割了笑声与痛苦、喜剧与悲剧、现在勉强算得上的平和与打完电话后可能到来的战争。

"毛罗妈妈"。数字"1"红得刺眼，就像一颗即将炸裂的心脏。我拨出电话，等待着。也许在这里打这个电话更好一些。医院是我抵御即将发生之事的盾牌。

她最先说出的几个词是："葆莉，宝贝，你能打电话来真好。"现在我猜想并没有人死去，毕竟她用如此滑稽的方式称呼我的名字，她通过这种方式让几乎坠入地狱的我又升起来；心脏随心所欲地以听得到的强度间歇性地剧烈跳动起来。心脏的导电活动。如果现在别人碰我，我肯定会漏电。毛罗的母亲想知道我过得怎么样。她继续在电话的另一端说着话，问我怎么样，说他们都心力交瘁了。"即将到来的日子，宝贝，你懂的。""嗯……"这是她说话间隙我唯一插得上的话。这些年来，我们只通过寥寥几次电话，我想象出一种神话般的形态：女性的身躯和绿鹦鹉的头部，一半是虎皮鹦鹉，但有着丰满的胸部和"X"形腿，脚后跟是分开的，膝盖却几乎挨在一起。鸟喙倾诉着悲剧。突然她开始哭泣，而我不知道该如何劝阻。

"听我说……"我以一种安抚她的态度劝慰道，"好了，罗莎，求你了，别哭了。毛罗不希望看到你哭泣的，听到我说话了吗？"

我忽然意识到，这几个月里我应该一直在跟自己重复类似的话，也许是因为这样我才不哭，但是这样的想法，与其说是现实，不如说是我的假设。毛罗妈妈的鼻音在电话的外壳中放大了十倍，哭泣声在听筒中分解成一场石块暴风雨。我把听筒从耳旁挪开，以免损伤听力。她镇定下来，跟我道歉，吸了口气，然后跟我说了她打电话的来意："我们非常希望圣诞节那天你能来家里小坐。"

我看到这个长长的句子被粉笔书写在绿色黑板上，我面朝黑板，奋力想终结这个结构、各个成分以及它们之间的依从关系。措辞从来不是我的强项。这句话是一种需要破解的算法，是一个陷阱。我迷失了自己，我也不知道谁会成为一个我知道不会存在的谓语的主语。我闭上眼睛，坐到地板上。我没有恢复语言能力，所以她继续发出那些悦耳的独特声音，强度和力量时有变化。鹦鹉也这样，当它们觉察到危险时，声调会变得紧张而高亢，震耳欲聋。她知不知道，她符合被回复一个"不"字的全部条件，为什么要冒这么大的险呢？

　　"罗莎，听我说，圣诞节我不在巴塞罗那，我们的活动会结束得很晚，我不想打扰你们。"

　　她说他们会等我，说这是节日，说他们不着急休息。她反复说想见我，还说想给我几样东西，好像都是她留着万一我们哪天结婚用的。"而且，亲爱的，我们必须告诉你一件事：我丈夫办理了几项手续，尽管毛罗没有遗嘱，但是是有一小份遗产的。毛罗没有子女，我们也不会动用这笔钱，你来继承，我们会告诉你需要哪天去公证处。"

　　"去公证处？"我有点儿上不来气。

　　"是的，亲爱的，你需要签一份继承声明。然后你就成了继承人。"

　　我的心脏停止了跳动。我感觉沮丧而疲惫，而她还在说着。祖母用卷线轴织的几张花边装饰的床罩、几个波希米亚风格的玻璃高脚杯和毛罗攒下来的一笔钱。过度通气①。我咬住腮帮子。没有任何意义。另一个名字——"继承人"，这个名字让我对她很恼火。她没有权利这么称呼我，她从未尊重过我的意愿，从未认真听我解释：每当周日聚餐，不论我们两个是单独待在厨房，还是当她在所有人面前切国王蛋糕②的时候，她都会让我陷入进退两难的境地，而我就要用一种近乎哄孩子的语调来澄清不会有婚礼，来解释结婚这件事对我来说非常难。"你们必须结婚，亲爱的。"她旧事重提，当她用刀切开千层饼时，还强调："你会错失良机的。"她撕开了我的伤口，乳脂从切口流淌出来，正如我后悔待在那里，被一种我从不期望的氛围和一种我既不渴望也不理解的传统家庭概念包围着。一想到毛罗母亲这种越界的态度也是我们感情破裂的一个诱因，我就松了一口气，不应该全是我的错。我不知道怎的，有点儿透过气来了，足以让我一字一句地讲出应该算是很严肃的措辞。

"罗莎，我不想要你说的遗产，也不需要签什么文件。听我说，我很抱歉，真的，但是圣诞节那天……不行，我不会去的。"

耳中再次响起石块的声音，她擤了擤鼻子，然后说了什么，听起来像是"我就知道，我就知道你不愿意"。咔嗒。她挂断了我的电话。她挂断了我的电话！我不太理智，正准备再给她打回去，跟她说没必要发脾气，但是我想起了床罩。"几张床罩，"她说的，"还有

---

① 过度通气综合征是急性焦虑引起的生理、心理反应。发作时患者会感到心跳加速、心悸、出汗，因为感觉不到呼吸而加快呼吸，导致二氧化碳不断被排出而浓度过低，引起次发性的呼吸性碱中毒等症状。

② 一种圆圈形蛋糕，通常在圣诞节至主显节食用。

玻璃高脚杯。"我停下来。"别给她打了，葆拉。""万一哪天你们结婚的话。"我花了很多年努力摆脱她的任性，但是没有成功，即便在已经与她的儿子天人两隔的现在，我也未能摆脱。我觉得自己不应该得到这样的惩罚。

　　我坐在地板上，看着更衣柜底下的灰尘。灰色的尘絮像是令人不快的一天里的毛线团。周四我要去参加聚餐，我会大笑。随便生命的废墟藏在哪里。

马里塔说:"我在卧室熨衣服的时候,有时候会看到毛罗先生。"她的哥伦比亚沿海口音会弱化"S"的发音。今天她来的时候手里拿着一封社会保险的信函。我不知道为什么她的指甲涂得一塌糊涂,而且还用的玫红色。如果不涂指甲也就罢了,她可以由着性子不修边幅,但问题是她涂了,而且指甲油脱落了她也不卸,就任由它慢慢裂开、褪色,向我展示出她全部的凄惨。她是你雇来的,毛罗。需要做出改变了。她说:"看到信封上先生的名字我心里不舒服。"还说,"对死者来说,最好让他们摆脱尘世俗务。'她仍然称你为"先生",你跟我都明白,她会一直这么叫。我已经厌倦了一次次告诉她我们不喜欢这个称呼,这会让我们觉得别扭。现在变成我一个人忍受着这件事了。我跟她说我不喜欢这种叫法,让我觉得不舒服,但她还是我行我素,就像她对待指甲那样。她需要让我感觉糟糕,需要划分出阶级和距离。我现在该怎么办,毛罗?没有了你的衬衫、你的一日三餐、你对秩序的执念和你的洁癖,马里塔这项支出变得可有可无。如果我在家,她会让我多心烦,这你是知道的。她永远不会闭上嘴巴。我不理解她总是在讲的那个故事,她爱的男人在图瓦拉①的一个种木薯的村子里等着她,而她一天到晚都在做保洁,这样才能养活那一堆像是随随便便从石头底下冒出来的孩子。有一天你跟我翻旧账,说我瞧不起她,还说马里塔的人生就像小说里的人生,她的爱情也像小说里的爱情。相信我,其实是她瞧不起我。而她对你就截然不同了,她崇拜你,她现在依然崇拜你。你愿意跟我

---

① 哥伦比亚北部城镇。

聊聊"小说里的爱情"吗？或者我们的爱情根本算不上爱情？我是从什么时候开始不再听你说话，不再关注你的呢？

一开始她会给我留字条，你那么喜欢那些字条。"缺玻璃清洁剂、洗涤剂和漂白剂。如果星期五不下雨我就擦玻璃，但是您父亲打电话来了，说要来暴风雨。"但我几乎是透明的，我几乎生活在医院里，只在这里睡觉。走路的时候我简直不着地，我不弄脏，也不消耗。我的清洁用品储备充足，充足得都要从耳朵里冒出来了。一切都原封不动，毛罗，或者说，是我连一根手指头都不敢动。煮熟50克绿菜豆不会弄脏什么，这点儿食物已经成为我用来度量我日复一日的情感的量具。

"您没看到他吗？就在那里，和衣柜的衣服在一起。您不要不安，因为他会守护您的。"

我可以打她，毛罗。我可以用便鞋打她，让她闭嘴。我要不要告诉她你已经不属于我了？人们会把舞蹈演员和你联系在一起，并把你缺席的沉重感转嫁到她的衣柜旁边吗？但我就算打她，也不会因为这件事，而是会打得她肯百分之百向我保证，说她能感觉到你、觉察到你。我很确定她能做到，而且并不是为了取笑我才编出来的。我什么都感觉不到。我感觉不到你，我也觉察不到你。我想把她赶走。我不再需要她了。你没看到吗？现在她涂着恶心的指甲油，泪眼蒙眬地跟我说，她看到你站在我们的衣柜旁边。我知道我会去变更社会保险收件人姓名，还要顺便跟她签一份无限期的合同。因为当她以某种方式感觉到你的时候，我也会努力感受你的存在。

13

这个古怪圣诞节的头号新鲜事就是我们要在塞尔瓦德玛尔度过。圣诞节那天，我们要在一条荒芜的高速公路上行驶好多公里，然后又是好多公里，去往一座避暑村庄。一想到这些，一上午我都在屋子里团团转，我磨磨蹭蹭地喝着咖啡，盯着咖啡杯的杯底，好像希望它能批准我留在这里一个人躲起来，不去见我父亲的家人。

圣诞节就在眼前，时间马不停蹄。在这一天就是要假装一切正常，假装餐桌上没有人缺席，然后撑到庆祝结束，给予这个在日历上本无差别的日子应得的重视。

从小我就热衷于观察海滩上那些普通的家庭，那些完整的家庭。我研究着家庭成员之间自发的互动、群体的行为，他们之间如何交谈、如何争吵，他们沟通、互动时运用的一切语言及非语言交流，我们家缺乏的那种交流。我没有过这样的家庭经历。我热爱一家人嬉笑打闹着互相涂防晒霜的场景，海浪的喧嚣和海鸥的鸣叫包裹着孩童嬉闹时特有的尖叫声。在我的浴巾旁边，是我父亲一尘不染的浴巾，然后是《先锋报》、万宝路烟盒、有十二页五线谱的本子和连让我闻一下都不肯的自来水笔。我们开到海滩去的是一辆新上市的西亚特牌熊猫轿车，这款小轿车是普通百姓的理想选择，实现了他们彻底自由移动的梦想。我记得爸爸开车时满足的表情，而我坐在后排，无力开启一场对话。我们随意闲聊时，他为广告创作的曲子、报纸上的新闻以及我在学校的一天等话题会织成一张让我们习以为常的大网，但当我们打破这种日复一日的规律，当我们之间有了空白和闲暇，有了夏天、圣诞节、圣周，它们就会在我们之间架起一座由妈妈的缺席筑成的城墙。

在海边，我在水里喊他过来和我一起玩，一起到礁石缝里找螃蟹、斧蛤和贝壳。但是沙滩上的随身物品无人看管让他很为难，于是他提议两个人轮流下水玩。我把我找到的所有有孔贝壳都拿给他，求他给我做一条我们之前经常和妈妈一起做的那种项链。我得承认他尽力了，但我发现他和渔线搏斗的时候眼神黯然无光，所以很快我就不再在海滩上跟他要贝壳项链了。我逐渐把我的愿望和常态生活都搁置起来。项链做好了，小女孩和她身边的母亲都变得模糊起来。有时候我的姑姑们来海滩消夏，她们毫无顾忌地说，我胸前的两颗豆豆已经暗示出胸脯的发育。姑姑们和她们令人无措的对话，让我觉得她们来自另一颗星球，我桀骜不驯地跳起来，尽可能离她们远远的。我意识到有一种生活平行于我和父亲的生活，世界的心脏有一种和孤立的我们并不相似的脉动。我和父亲的关系，与我的女性朋友们同她们父亲的关系不一样。没有谁的父亲是作曲家，别人的父亲是银行家、电工、商人、中学老师，但我们的特别之处并不在于父亲的职业，而在于我们之间未知的空洞，在于我们无处安放关于妈妈的回忆。人小时候能感知到许多东西，只是缺乏足够的坚定来改变这一切。

　　我们已经成长了，我父亲家在一个面向大海的村子里，他的姐妹们在努力回想昨晚在朋友家吃到的鸡肉馅里有没有杏干，而我的叔叔们则满心期待着球队能借主场比赛赢得联赛。我观察我的表姐妹，安娜和贝丝，她们怀里抱着胖墩墩的婴儿，沉浸在新手妈妈之间那种排外的对话中，她们深信自己是最早体验到母性的具体感受的人，而她们的丈夫在推杯换盏，试图就彼此的音乐品位达成共识。坐在我左边的是我表哥托尼的新女朋友，她突兀地自我介绍说她叫格洛丽亚，正在参加市政府补贴的一门反射学课程。据她说这门课是为失业群体开设的。格洛丽亚的头发有几缕紫色的挑染，她一边给我解释切诺基人一直都对双脚非常重视，一边把紫色的头发慢慢绕在手指上。

　　"总之，是为了保持肉体、精神和心灵上的平衡。或者说，按摩是一种神圣仪式的组成部分，因为切诺基人相信双脚是我们与大地的接触点，也是我们与大地中流动的能量的接触点。"她跟我解释的时候，眉毛高高地挑着。"归根结底，我们的精神通过双脚和宇宙相连。"

一切都让我觉得有点儿发痒。"流动"这个动词总是让我起荨麻疹，而毛罗又不在身边，我没法掐他的大腿，求他把我从这里带走。

　　没有什么比改变事物的自然进程更令人压抑了。这个村子对我来说约等于夏天。我父亲的房子就像是夏天穿的拖鞋。遗落的遮阳伞，吊床里兜满了干枯的树叶，一栋本该敞开巨大的玻璃门，迎接天空和阳光的房子里开着电暖气。什么东西都和圣诞节不搭调，一切都不合时宜，不像样子，不舒服，毫无生机。父亲觉得在这里过圣诞能打破一些在巴塞罗那过节的一贯传统，他说，说不定换个地方我们就能忘记毛罗已经离开我们了。至少，他能够说出这件事了。我为此对他心怀感激。这样现实就没有那么沉重了。

　　"托尼跟我说了你的事情，"趁其他人高谈阔论的时候，格洛丽亚低声对我说，"我在情感上与你同在。"

　　这些口水话到底什么时候才能说完？我真希望我有勇气对她说，我们才刚认识，我不需要她在任何地方与我同在。我动动嘴唇，勉强挤出一个假笑。

　　当爸爸端着一个装满杂鱼烩的砂锅出现时，我们鼓掌欢迎他。时间在刀叉的叮当声、大笑声和每年都在讲的老掉牙的故事中慢慢过去。忽然间我意识到，我们使用的绣着绿叶的真丝餐巾是我母亲在另一个时空绣好的。四十年之后，这些餐巾被揉成一团，放在盘子旁边，接触新的、满是油光的嘴唇，比如格洛丽亚的。她现在把所有人的注意力都吸引到自己身上，宣布自己是进化塔罗牌的行家。

　　"啊？难道有不只一种塔罗？"我父亲一边上菜一边问。

我的姑姑罗莎莉亚、托尼和他的新任女朋友就占卜塔罗和进化塔罗到底有什么区别陷入了激烈的讨论。格洛丽亚用权威的口吻对他们说，关键就在于如何解读抽出的牌阵，进化塔罗更好，是因为你可以帮助别人打破负能量的死结。

　　这应该是个玩笑话，我无法相信这种事会真实发生。爸爸转向我，带着狡黠的笑容冲我挤挤眼睛。这是他用自己的方式告诉我忍耐一下，大笑总比哭好。但是在这种聚会上话题总是变得很快，没一会儿工夫，大家好像就都把这种纸牌抛到了脑后，餐桌上女人们的话题开始转向我的体重：说我脸色很差，说我如果体重稍稍增加几公斤会更好看，说我太瘦了，说我在医疗系统工作不应该一脸病容。爸爸走过来，借口要撤掉餐盘，引起了罗莎莉亚的注意，对她说我们眼下正面临一个困难的时期。他用的是复数的"我们"，这意料之外的父爱流露，让我感动得无以复加。

　　大家又开始三三两两地聊起天来，格洛丽亚压低嗓音旧事重提："我觉得哪怕就试一个疗程对你也是有好处的。好了，我不坚持了，但我觉得你得知道，失去伴侣的人更容易通过塔罗牌与伴侣进行交流。你可以通过他在睡梦中给你传递的信息与他对话。"她把叉子塞进嘴里，就此结束了话题。

　　我愤而起立，椅子在地面拖动发出的噪声让我成了所有人关注的焦点，这是我今天最不希望发生的事。我愤怒地把真丝餐巾扔在地上。

　　8月的时候，我让父亲找人维修一下厕所的水箱，然而到现在它还是缓慢而不停歇地滴着水。我在洗手间里听得到他们在外面窃窃私语。自从毛罗不在了，我经常听到这种低声议论。我可以毫不费力地解读这些话。这就好像你在医院的病床上昏迷着，周围的人都在谈论你，他们以为你听不到，但其实你听得到。他们用非常高的频率说起你的事，你甚至不需要清晰地分辨那些话语，从语调就足以听出，在他们的阴谋诡计中，你是受害者，而不是主人公。我坐在马桶上，意识到再也没有人陪我过圣诞节了。我不情愿地看到，在未来投射出的影像中，我和这群人度过了一个又一个圣诞节，糟糕的心情吞噬了我。

我洗了把脸，深吸一口气，命令自己冷静下来。我对自己说今天很快就会结束，然后以坏情绪允许的最体面的方式走了出去。当我走回餐厅时，所有人都停止了说话，看着自己的盘子。

"抱歉。"我说道，餐具的叮当声重新响了起来，说话声渐渐恢复成以往的音量。

饭后餐桌上的闲聊时光平静地结束了。值得庆幸的是，最先告辞的是托尼和格洛丽亚。我们把他们送到车边，然后大家就回到屋子里了，因为外面实在是冷得见鬼。只有我在外面多待了一会儿，因为想搜索手机信号。关于基姆的记忆此刻在我看来就像千里之外的插曲。他没有再打来电话，也没有发短信。从塞尔瓦港吹来的空气潮乎乎的，充满大海和水草的气味，它执拗地穿透我的衣衫，淹没了今天似乎占据我整具身躯的枯井。

我主动要求帮表姐妹的女儿们换尿布。她们很可爱，散发着一种成人世界很容易流失的纯朴感。我抱起两个婴儿，把她们的重量分摊在我两边的胯骨上，低声唱着歌往前走。她们不信任地望着我，圆圆的小嘴，嘴唇肉嘟嘟的。她们两个娇嫩的身体加起来也只有几公斤重，闻起来有花露水的味道。我把她们平躺着放在我父亲的床上，一边摆弄了好一会儿她们胖乎乎的小脚丫，一边时不时地看看表。今天时间过得很慢。和UCIN里的孩子们比起来，她们看起来个头很大。我会在一个又一个圣诞节看着这两个健康又壮实的孩子慢慢成长。她们发出的咿呀声，以及其中一个孩子后脑勺上可爱的发旋儿让我平静了下来。过了片刻，我带着两个孩子重新回到餐厅，把她们交还给已经开始坐立不安的两个妈妈。"这大概就是母性吧，"我对自己说，"这种持久的折磨。"

等所有客人都离开了，我和父亲开始收拾桌子，我还给自己倒了一点儿酒。我们可以说，圣诞节现在才算刚刚开始，这个微不足道的时刻。餐厅钟表的嘀嗒声在房子里回响，房子并不理解今天发生了什么。

这个古怪圣诞节的第二号新鲜事：一位父亲和一个女儿自私地维护着他们之间不可逾越的小圈子。没有人比他们更懂得彼此拥有的排他感情是什么。这种感受是一种全新体验，又似曾相识，就像我们过的第一个没有妈妈的圣诞节。

我的父亲皱着眉头哼着一段旋律，专注地把餐具码放在洗碗机里，从我记事以来他一直这么做。我倚在厨房门上看着他，不时品一口杯子里的红酒，这一天里我已经喝了好多杯。我头一次把他看作老人，真的老。我是说，他好像突然变老了，遭受的打击好像使他失去了向来让人难以判断其年龄的外表。不过，在这个男人脆弱的外表之下，我看见了那个看着我长大的男人，那个以他的方式给我最多关爱的人。我看得不太清楚，但他就在那里，个子很高，依然强壮，他迷人的后脑勺上头发全白了，看起来不太真实。健康又睿智的外表，微微"O"形的两条长腿穿着卡其色的灯芯绒裤，系着皮带，硬币在沉甸甸、鼓囊囊的口袋里叮当作响。这个有行动力的男人每天都会早起，在酒吧里读报纸，热爱饭后餐桌上的闲聊和朋友们的朋友。他总是对气象问题大惊小怪，飘四滴雨点儿会被他夸大成宇宙洪灾，一个高温天气简直成了世界末日。这个男人永远沉迷于对一个女人的回忆，他坐在钢琴前，打开只属于他的世界的门。这个人就是我爸爸，他现在让我觉得他是一个假扮成老年人的年轻人，浓密的白色眉毛，额头的皱纹，两个额角已经有了脱发的迹象。他甚至有点儿弓背，在厨房端东西的时候，身体还会颤巍巍地晃上几晃。不过我得说，在他充满砂锅、柳条筐、橄榄油瓶的小宇宙中，他行动利落。那些装在细颈玻璃瓶里的橄榄油是他从一个至交那里买来的，那个人只有在朋友有需求时才会榨油并灌装。我相信他们每次见面，我父亲都对他说他需要一个细颈玻璃瓶来装油。因为光是在储藏室里我就发现了六个瓶子。

"我对之前的事很抱歉，爸爸。我太不冷静了。"

他吃惊地转过身。

"我不知道你在这里。别想这个了，葆拉。你表哥……好吧，别逼我说……他找了一个为他量身定制的女人。"

我们两个低声笑了起来。

"一个占卜术士，这个家就缺这样的。"

"好了，葆拉，别这么说！"

我放声大笑，好像有人把所有的不幸从我身体里向外推。我发现父亲就像一个完美的搭档，负责替我捡起那些需要被拼合的身体碎片。

"好了。不说他们了。他俩是天生一对！"

他用一块湿抹布擦拭厨房冰冷的大理石台面，用手把面包屑和脏东西拢到一起。我们继续笑着、评论着，忽然间，我们成了同病相怜的伙伴。

圣埃斯特韦教堂的钟敲了六下。我有种感觉，我们是这个世界上仅存的两个人。爸爸和我。我突然打了个寒战，一口喝光了杯里的酒。

"我有一件礼物要给你。"我怀着一种真诚的喜悦对他说。

"小姐，让我先来。请你到沙发上坐下。"

他用水槽里的厨房抹布把手擦干，一边朝钢琴走去，一边急忙把衬衫和毛衣的袖子放下来，把袖扣扣好。他坐在老钢琴的琴凳上，这架琴还是几年前他从垃圾堆里拯救出来的。泛黄的琴键和古老的木头浑然一体。他看着我，用手示意我稍等，然后把一本乐谱摆到谱架上。当他的手指差几厘米就要碰到琴键时，他停下来，拿起乐谱展示给我看。

"它现在已经不叫《美丽的女子》了。我把它的名字改掉了，看到了吗？"

当我看到印在乐谱首行的是我的名字时，我咬紧牙关、用尽全力才控制住奔涌的情绪。一行行填满五线谱的音符为我加冕，当音乐响起时，我就变成了一段段苦乐参半的旋律。他闭着眼睛弹奏着，脑袋像往常一样轻轻摇晃，大脚时不时地踩一下踏板。忽然间，我心中涌起对父亲的爱意，使我茫然失措。我父亲把最近几个月的生活谱写成一首和我的情绪起伏密切相关的乐曲。我感到有点儿窘迫，这首曲子简单而感人，柔美的钢琴主旋律被注入悲悯的情绪，我常常在和父亲一起喝咖啡或者吃饭时，撞见他怀着这样的情绪望着我。曲子的终章旋律和谐优美，他想在旋律中注入希望，不过我觉得，在旋律最深处，那些音符诉说了他从未对我说出口的话。

他演奏完，我们短暂地静默着，然后我开始鼓掌，并站起来拥抱他。我能感觉到他也在回抱我，吃力地想把像树枝一样僵硬的胳膊变得柔软一些。他环抱住我，轻轻在我背上拍了几下。我们不会用身体表达喜爱之情，总有一块冰冷的石头阻止我们这样做，然而那个时候，完全在我意料之外，他稍往后退了一点儿，让我坐在他的膝盖上。一开始我觉得别扭，但当我克服了那种面对父亲用肢体语言表达爱意而产生的难免的羞怯之后，我就随他去了，潮水般的回忆把我变回了那个大概不到七岁的天真小女孩。我坐在他的膝头，我这么坐过许多次，我们一起弹过钢琴，然而随后就是沉默，两个人各自守在自己的领地中，当我们再次启程，已经有什么东西把曾经的我们带走了。此刻，钢琴对面这场意外的慌乱使我意识到，我们永远保留着一份曾经的童真，只是我们不记得了而已。

"谢谢你今天肯过来。我知道这对你来说很艰难。"他一口气说道，眼睛一直盯着地面，而我不知道该说些什么。"我想跟你说点儿事，但是我不知道怎么开口。"

我突然有了某种预感。我一直以来所期待的亲近感突然让我觉得困扰。

"所以你写了这首曲子？"我嗓音沙哑地问道。

"不，不是。这首曲子是一件礼物，是我准备的圣诞礼物。你喜欢吗？"

我抿着嘴唇点了点头。然后他做了一个人们宣布非常重大的消息时会做的庄严动作。他闭上眼睛，用双手拉起我的手。

"我想跟你说的是……我想告诉你……就是，我需要知道你过得很好。"

"爸爸，我挺好的。"我羞窘欲死，赶紧说道。

"葆拉。"他抬起我的脸朝向他，"我经历过和你现在一样的阶段。"

"不完全一样，爸爸。"

他吃惊地望着我。他从我的语调中听出一种出乎他意料的沉重意味。我不需要他把我带入妈妈去世时他抱着我的那种绝望心情，我在他怀里像一个旁观者一样，或者说，像被困在食肉植物毛茸茸的叶片里的一只七岁昆虫。他们的婚姻很和睦。他们有一个女儿，这是一项面向未来的共同事业，而且在某种程度上证明了母亲去世后，我们所陷入的无声的焦虑。我要告诉他，我失去的是一个已经不再需要我的人，对活下来的我来说并不存在一种"死后"①状态。我的目的是要扬起头，无论如何都不能天天想着毛罗的死，就像父亲无法释怀母亲的死那样。

"但是我知道你的感受，葆拉。"

"不，你不知道。"我强调。

"他很爱你。你们是深爱着彼此的。"

他吸了吸鼻子，然后列举了几件往事，以证明他是爱我的。

"而且……"我换了个话题，用一个暗示置换了我们的角色，"直到最后一刻你都在妈妈身边。那天我和毛罗一起吃了饭，然后，你知道吗，"他看着我，耸耸肩膀，仿佛再没有什么能让他惊讶了，"我们吵架了。实际上，他跟我说……"

我紧张地看看四周。他和所有其他人一样，散发出迷茫的情绪，想要说出毛罗已经和别的女人在一起了这件事的冲动像磁石一样吸引着我。我需要告诉他真相，让他理解我全部的痛苦，我想在他胸腔上磨蹭，在他腿上磨蹭，在他的同情心上磨蹭，像一只渴望得到爱和保护的小猫一样用力地磨蹭。

我及时抑制住了这种扭曲的想法，大概是不想伤害到这位不久前还在厨房让我意外了一把的老人。现在把他的准女婿夺走有什么

---

① 原文为拉丁语post mortem。此处意指葆拉和毛罗没有结婚，因此无法自称为他的"孀妇"。

意义呢？

"他跟你说什么了？"

"没什么，不重要了。我们当时吵架了，他要离开去参加一个会议。爸爸，我当时不肯拥抱他。就这样。"

我叹气，内心懊悔，但还保持着承重墙一般的微笑。他不情愿地抚摩着某个琴键，不小心敲出一个悲伤的"la"。他拍拍我的后背，对我说现在别想这些了，没用的。我们拥抱在一起。这一刻有些怪异。死亡是一个伟大的设计师，它创造出许多充斥着不合时宜的对话的时刻。

"我想跟你说的是，不要因为重新开始你的人生、重新开始好好生活而有负罪感。这正是你应该做的。生活是由许多碎片和阶段构成的，毛罗只是你人生的一个片段，一个起起伏伏的片段，归根结底也只是一个珍贵的片段。不论你们争吵的原因是什么，也永远不会比死亡更糟糕。女儿，怨恨没法解决任何问题。任何问题，相信我。"

当我以为我已经来不及奢求拥有一位好战的父亲，让他手持剑和盾牌捍卫我的尊严、阻止别人羞辱他的女儿时，父亲用一个额头上的吻让我缴械投降。这个吻迟到了几十年，但终归到来了。

我们两个人的形象至少可以说有点儿奇怪。一个四十二岁的女性，低垂着头，强忍着眼泪和说出真相的冲动，坐在一个七十二岁男人的膝盖上；男人坐在散发着木香的钢琴前，做着敞开心扉的训练。他们两个拉着手，一种羞怯溢满整个空间。

"这些事情都会过去的，没有什么例外，明白吗？事情发生的时候，它对你的影响是最大的，但随后这种影响就会越来越小，直到消失。你要继续前行。你要活下去，葆拉。你能答应我吗？"

　　这个古怪圣诞节的第三号新鲜事：我爸爸在我身边，他一直都在，他对我的了解比我想象的要多。爱可以摸得到，可以听得到，爱是勇敢的。爱很容易被感知，只要活着就能感受到。我答应了他的要求。

朋友们会因为死亡而渐行渐远，但我留住了纳乔。

你真应该看看他带着一对双胞胎的样子。他像个管弦乐手一样出现在总督府广场，身上挂满了袋子和杂物，推着一辆双人婴儿车，宽大的车体看起来和他们家所在的格拉西亚街区狭窄的街道格格不入。自医院那天起，我和纳乔之间关系有点儿紧张，这都是你的错。

"美女，你喝得挺烈啊？"

他歪头，示意了一下我的酒杯。我用手比画让他别管我，也别问问题。我在上午11点半喝酒也是你的错。我需要喝酒给自己壮胆，才能有勇气责怪他为什么不告诉我你和别人在一起了。但我明白他是你的朋友，我尊重他对你的忠诚，所以最后我什么都没有说。当他说他无时无刻不在怀念你时，我的确握住了他的手。有两个小家伙在旁边不停地动来动去，这让人很难维持一段对话，他们大概觉得我们还没完全喝醉。我不止一次独自一人待在桌子旁，因为一开始他要给一个孩子换尿布，接着又要安抚另一个孩子的小脾气。他们把乱七八糟的东西往嘴里塞，不愿意坐婴儿车的时候就扭来扭去。纳乔流着大滴的汗水，向酒吧里所有人表示歉意。在双胞胎短暂停歇的空当，他对我说，一想到再也不会有你的消息、再也见不到你，他就感到窒息，甚至因此跟心理咨询师约了时间。看着他干裂的嘴唇和脆弱的表现，我意识到，假如你没有抛弃我，假如你没有提前让我知道你生命中出现了别人，这场灾难会让我在无尽的悲伤中度日。两个孩子在一旁嬉闹，有人在旁边拖动椅子，仓库门被猛地摔上，吧台里咖啡师在吹口哨。一片嘈杂声中，我突然听见自己说，我们对你如此思念证明我们爱你，毛罗，也证明没有人能取代你曾经在我们生命中占据的地位。

在街头，我亲吻了双胞胎，他们有点儿抵触我的温存。然后我和纳乔自然地拥抱在一起，仿佛这是我们两个默默希冀的。随后，我往家走去，这个圣诞节的种种回忆在我身后紧追不舍。

14

醒来的时候，我一时不知自己身在何处，完全迷失了自我。这次夜班很安逸，我躺在一张空床位上，马尔塔和瓦妮莎躺在上下铺上休息。我看着她们，没怎么和她们聊天。她们几乎永远梳着同样的发型：拉直的长发，头发漂成介于栗色和金色之间的颜色，偏分的刘海隐约露出化着浓妆的双眼，耳朵上的珍珠散发出并不属于真货的那种光泽。另外，马尔塔的耳骨上还穿了几个耳环，这是她试图腼腆地表明，自己能够掌控自己的人生，而瓦妮莎则更显天真。尽管她们在工作上表现得很专业，我也很喜欢她俩，然而有时候我感觉她们有点儿不适合这里。我知道就像与她们同代的大多数年轻人一样，她俩已经看腻了描写医院生活的电视剧，虽说我从没问过她们，但有时候我会想象是虚构的影视作品促使她们选择了这样一个大学专业，把她们带到一个和她们梦想中不太一样的现实场景。在这里，血液会凝结成块，生命会遭受实实在在的危险。我从她们一模一样的发型、过浓的妆容以及周围有年轻男医生时她们时常流露的表情中看出了这种想法。

她们沉醉在自己的世界里，拿手机聊天、玩游戏，一举一动还保留着刚褪去不久的青春期的稚嫩。她们身上有年轻人那种玩世不恭的态度，一工作就觉得世界对她们有所亏欠。马尔塔很气愤，因为那天晚上原本不是她值班。这次排班是临时决定的，由于最后一刻的一些内部调整，我们三个人碰巧一起值班，从严格意义上来讲并不需要这么多人。其实对我来说，这么安排已经挺好了，我总是认为自己在为一个比自己宏伟得多的目标服务，马尔塔却把这当作一个惩罚，因为这样她的圣诞假期就没法连休了。瓦妮莎试图用理解和同情给她支持，但她有时候太过殷勤，让我觉得不讨喜。顺从、无力感，最主要是冷漠的情绪充斥着整个房间，她们两个抱怨连连，仿佛自己是体制的牺牲品。

为了缓和糟糕的气氛，我想试着跟她们聊聊天，先从这个新年前倒数第二个夜晚不同寻常的平静说起，但是没人理我。我问她们冷不冷，我已经冻僵了，我提醒她们暖气没开。

"我还好，葆拉。"瓦妮莎说，而马尔塔还是目光呆滞地一下一下啃着指甲根部的倒刺。

我决定自己去把暖气打开，让她们两个安静地待着。我把上半身的隔离衣脱掉，这样闻起来就不会有医院的味道，然后把自己缩成一团，闻着毛衣上柔顺剂的香味。这个味道最接近缩在家中被子里的味道。不一会儿她们开始窃窃私语，商量穿什么去参加年终派对，讨论其中一个人送给另一个人的黑色上衣能不能跟她买的裤子搭配起来。

对派对满怀期待的感觉对我来说好遥远，让我非常怀念。我也是从那个时候过来的，那么一往无前，从迪斯科舞厅出来几个小时之后身上的烟味也散不掉，派对结束了也一再拖延回家的时间。我记得那时候，我把头高高扬起，走到哪里都充满自信，哪里都是我的主场。那时候我能控制家中的局面，在医院里我会微笑，朋友们都喜欢我。我要怎么做才能把现在的一切修复如初呢？

最近几个月就是这样的：我恍恍惚惚，只能偶尔接收到别人的只言片语。比如说，一场年终派对，就像我逐渐意识到日子一天一天、一周一周过去，时间日积月累，距离去年那个可怕的2月已经越来越遥远。那个晚上，我疲倦地躺着，马尔塔和瓦妮莎离我很近，我非常清楚所有的时间坐标，也非常清楚距离新年还有几个小时。我能感觉到时间的更迭，一个小时接着一个小时，心里开始执行一场倒计时，背景音是电话另一端基姆低沉的嗓音。接下来的这一天，12月31日，他应该在这一天抵达巴塞罗那，或者他是这么告诉我的。自从一个多月前的那通电话以来，我一直在等他的消息，但他一直没动静，我已经开始觉得那通电话也许是我梦到的。内心深处，我相信他会在某一刻打电话给我，宣布他已经落地了。焦虑情绪又一次开始蔓延，随着月底逐渐接近，我越来越无法掩饰这种情绪。不管是在工作中还是独自一人的时候，我都无法集中注意力，令人厌倦的生活的解药好像只能靠他从波士顿给我带回来。见到他的渴望推动我忍受圣诞节和朋友们的入侵，他们在节日期间殷勤备至地陪伴着我，帮我克服失去毛罗的痛苦。其实这对大家来说都很艰难。然而溃疡还在顽固地扩散着，不断回放着之前的场景，不光是我和毛罗在一起的画面，还有我们一群朋友在一起的画面。

从很多年前开始，我就只有三个人数不多的朋友圈子，我们多年来一直很亲密。莉迪亚、工作中关系最近的同事以及和毛罗在一起后共同的朋友。这些共同朋友现在让我很别扭，他们都是成双成对的，并且带着小孩。我被数字"1"标记了出来；他们恰恰相反，毛罗死后他们变成了一支强有力的军队，随时准备前进，抓住我，把我变成他们的人质。死亡的触角很长，未经允许就冒冒失失地伸入各种关系中，把它们削弱，甚至打破。

我试着接待朋友们，在家中备好食物、饮料和各种小玩意儿，配合大家的聊天，承受他们的快乐，履行在圣诞节期间保持开心的义务。我表现得很亲切，尽量周到地回应大家对我无私的支持。我好像永远找不到时机突然走掉，他们的好意随着时间的流逝也消失殆尽，变成一种转瞬即逝的殷勤。我假装这是一个寻常的圣诞节，主动为每个人的孩子都买了一个小礼物，是我在街区的一家小店里淘到的用不同花布做成的奶嘴盒。在挑选的时候，店员给我展示了所有面料，我因为挑选到礼物而感到快乐，那才是我。晚些时候回到家，我想把礼物包装成有特色的样子，比如网上看到的那种，但到了捆带子、打蝴蝶结的环节却是一塌糊涂，从理论上讲，这应该是礼物包装上最美丽的部分。我一向幽默地看待自己的笨拙，然而眼下这个劣势激怒了我，我暴躁地揉皱了包装纸，发现无力感、痛苦和悲伤并没有随着时间而减弱，反而逐渐变得轻微且无常。我只能佯装无事。我成了一个固执的演员，我深耕的事业会让我空降奥斯卡领奖台。有时候我表现出精湛的演技，演得如此到位，连我自己都相信我已经走出来了，直到一根不听话的丝带让我火冒三丈，把装着奶嘴的小盒子连同别人的快乐一起砸到卧室墙上。

就这样，对基姆的生命迹象的期待驱赶着第一个没有毛罗的圣诞节。值夜班之前的两个晚上我睡得糟透了，好几次凌晨醒过来，查看手机上的来电，然后逼自己入睡，在梦中虚构重逢的场景。我们会夸张地拥抱在一起吗？还是会两个人隔几步远站着，等待对方来打破沉默？我把脑袋埋在枕头下面，指责声纷纷到来。我不愿意再想他了，如果他还有再见我的念头，他完全可以通过某个细节表现出来的，比如祝我圣诞快乐什么的。我没有祝他圣诞快乐倒是真的。我都不知道他在波士顿做什么，我了解他生活中的四个细节，每个都表明他是一个崇尚自由、爱玩、活在当下的人。像他说的要来见我的可能性很小，我们两个人的关系能够有所进展的可能性就更渺茫了。

住院医生们在谈论她们有多期盼新年前夕的派对，交谈声终于让我深深陷入梦乡。值夜班的时候，如果没有太多变数，我会躺几个小时，打个盹儿，但我从来没有睡得这么沉过，也从来没有这么累过，倾听自我和审视自我太令人疲惫了。

当我的呼叫器响起时，我大概睡了两个小时。125 号病房发生心跳骤停。醒来的时候周围只剩下我一个人，我迷迷糊糊、睡意昏沉。像往常一样，我机械地套上隔离衣，朝楼梯跑去，远处的门发出吱呀声，走廊随着我的脚步伸展开来。我到达 125 号病房的时候，其他医护人员已经到了，婴儿没在育婴床上。我看向沙发和孩子母亲的床，也没有。婴儿没在这里。

"孩子在哪儿？"我弯下腰，脸贴着冰凉的地板革，在沙发底下搜寻着。

"葆拉。"马尔塔在我身边俯下身，碰了碰我的肩膀。为了不让其他人听见，她用非常低的声音对我说："是奶奶，婴儿没事，妈妈带着孩子去哺乳室了。心脏停搏的是婴儿的奶奶。"

"什么？"

我花了一点儿时间才弄明白到底怎么回事，这时我才注意到，有位老妇人躺在床里侧的地面上，瓦妮莎和一名医生正在救治她。突如其来的窘迫让我脸上一阵发热。我走过去的时候，那名医生侧目看了我一眼。过了几分钟，等老妇人的情况稳定了，护工就用担架床把她推走了。我感觉那个护工好像指着沙发说到我刚才的事，还低声笑了起来。我知道等我把这则趣闻讲给一大早来接班的同事们听的时候，我自己都会笑话自己；我知道我在沙发底下找孩子的滑稽形象会成为传奇，会成为大家的笑料，连我自己肯定都会自嘲。然而当时我还是很想冲这个医生大喊，他所看到的在凌晨睡得太沉的我，只是巴别塔式的冰山一角。对我们来说，了解其他人、预见冰山的存在、衡量水面之下冰山的体积都是何其困难的事。

早上8点，我们跟白班的同事换班。交接结束后，我闹的笑话不胫而走，我们因为几个小时前我在125号病房实施的荒诞搜索而哈哈大笑。我们所有人都在：桑蒂和团队中另外两名新生儿科专家；马尔塔，她现在看起来没那么生气了；瓦妮莎和秘书，秘书是一个腼腆的红头发女孩子，做事效率很高，胆子很小。大家倚靠在墙上，听我描述过程，开我的玩笑，有的人双手插在隔离衣的口袋里，有的人手里端着咖啡，而桑蒂揉乱了我的头发。我喜欢这种温暖、团队的感觉，被大家喜欢的感觉。

我穿过服务站出口，紧紧抱着一大包东西推开门，身体疲惫，表情萎靡，头发凌乱，眼神却明亮。门诊的更衣柜惯有的开合声还没有响起，白天的世界才刚刚醒来，门诊区还享受着清晨的宁静：穿着白大褂的男女四散在各个角落；有个爸爸跟在候诊的孩子后面跑；保洁人员在拖地，清扫着夜间门诊散落的惊吓和急迫。清晨的第一缕阳光美化了整个空间，之后又整装待发，开始迎接新一轮的求医高峰。

31日。我从更衣室走出来时，冷空气像一个通知一样给我迎面一击，突如其来的风让我的头发疯狂地纠缠在一起。我努力和头发作着斗争，一边在包里翻找车钥匙，一边埋怨自己总是把钥匙放在包内侧带拉链小兜里的怪癖。羊毛手套更是明显增加了我操作的难度。出门之前我刚怀着已快被消耗殆尽的期待感查看了手机屏幕，只看到一条爸爸早上7点发给我的信息，告诉我塞尔瓦德玛尔的北风正肆虐，让我出门小心，因为巴塞罗那除了平静的结冰路面还有大风预警。这个世界还是老样子，或者只是我自己这么想。

"希德大夫！"

我抬起头，撩起吹到脸上的头发想看清楚。

正如我的期待，基姆站在离我三米远的地方，身上穿着一件像斗篷一样飘动的长外套，没有系扣子，运动鞋，双手插在口袋里，肩膀放松，脖子略微后倾，一副顽皮的神情。

我呆立在那里。他喊出我名字之后的几秒钟给了我一种不踏实的胜利喜悦。他来了。我赢了。这些日子那个阴影向我发出的一连串谴责都烟消云散。

"基姆……"

我低声说出他的名字，为了留住他，为了用一个瞬间来确认他是真实存在的。接下来我发现自己的呼吸不太顺畅，心脏在激烈地跳动，我身体中最理性的部分命令我马上降低脉搏的频率。

将近一年没见面，这给我提供了用虚假的细节重塑记忆的空间：早生的白发并没有多少，他比我印象中更高大，外形更令人印象深刻。小巧的鼻子、让人联想到船体骨架的嘴唇、双眼生动而略显不耐，眼神中没有怨恨的痕迹，而是在探寻我的反应。他在那里，真切地存在着，出乎意料、清楚、真实，仿佛一张清晰的没加滤镜的照片。

"你怎么知道我在这里？"

这和我在那些不眠之夜排练过的开场白相去甚远。"你怎么知道我在这里？"而不是一个悲伤的"你好"。我无法控制自己的语调，全神贯注地想要确保他不会走掉，不会又留下我自己一个人。

"我想不到还能去别的什么地方找你。"他以并非嘲讽的口吻说道，说话时嘴里吐出一点儿哈气，阿姆斯特丹又重新回到我的记忆中，以开始几次见面时那种眩晕感紧紧抓住我的胃。

"你好。"我用一种流露出好心情的声音说道。

他笑了，我们互相贴面吻了两下。雪松木、木头和麝香的雄性香气扑面而来，从鼻端贯穿至扁桃体，再到达大脑中的海马体，不可逆转地卷入情感和记忆中。

我们建议母亲把一件自己事先贴身穿过的衣服放到保育箱里，紧挨着新生儿，让婴儿了解母亲的味道，感觉母亲离自己很近，习惯衣服的存在，强化情感纽带。我是怎么否定了自己与这个几乎素不相识的木匠建立联系的需求的？他明明像一块磁铁一样吸引着我，我是如何在一年时间里抗拒与他肌肤相亲的？我停滞在我们互相认出彼此的那个姿势里，我想忽略他对我所经历的事情一无所知这件事。

"你能来我很高兴。"

我握紧他的手，而另一只手忙着与风搏斗。它为了庆祝我们的重逢，疯狂地吹起我的头发，让它们起舞，吹着落叶在我们脚边打转。

我们在车里对视着，不知道该说些什么，这种感觉既古怪又有趣。开到环路上的时候堵车了，我正要换挡的时候，他把手覆盖在我的手上面，然后陪我保持着把手放在变速杆上准备启动的姿势。一路上我都任由他这么做了。

"你知道夜里我值班的时候发生了什么吗？"

他换了个更方便望着我的坐姿，准备听我给他讲。再过几个小时就可以把这畸形的一年抛到脑后了，我为了回家路上坐在车里的人而存在：我能看见他，又有人听我说话了，我又变得完整起来。真庆幸。

那时我就知道我不会说实话的，对于沉重肃穆的死亡，我会避而不谈。

15

通往博斯卡纳山谷的公路蜿蜒曲折。驶出巴塞罗那已经快一个小时了，出了城我就不太舒服，感觉头有点儿晕。我不知道自己在哪里，有些不安，似乎从我路过上一个城镇之后GPS就有点儿疯癫。越往前，道旁的岩石就越突兀，我无法摆脱危险就在眼前的感觉，好像每个弯道后面都有惊吓在等着我。身上还残留着昨天皮肤表面不真实的触感，行驶在这条路上让我感觉很怪异。

"明天我等你。"

基姆在玄关的小桌上给我留了便笺，上面写着他的地址。

从医院开车回到我家楼下时，我们本来是想在车里告别的。我们断断续续地说着话，不太确定心中的种种念头应该指向什么样的选择。基姆为我注入了一种不同的能量，使我萌生了大胆的冲动，没多想就邀请他到我家里来。

我们在白天的日光下睡了四个小时，他在倒时差，而我仿佛经历了一次复活。有性爱，有咖啡，有几克意料之外的日常感。我想向他道歉，但我的话被他的食指突然打断了。

"不管你想说什么，我们有的是时间来聊这件事。现在你累坏了，我也是。"他帮我把一绺头发从脸上拨开。"不知道你有没有兴趣，今天晚上我要和几个朋友庆祝跨年，他们住得离这儿不远，你愿意来的话我会很开心的。"

"可是我已经有安排了。"

我已经推掉了两三个跨年邀约。我跟所有人说的都是我要工作，然而实际上，我唯一的安排就是要在巴塞罗那见到基姆，看到他下飞机并在手机上拨出我的号码，以防万一，我要在日程中为他预留出空白。而现在我改变主意了，我很惊讶自己拒绝了他，说我不能和他一起跨年。最近几个月我开始习惯推后所有日程，编造谎言为我既需要又排斥的孤独感竖起一块盾牌，而这种新趋势让我很困扰。

他耸耸肩膀，做了一个失望的鬼脸，但我还是从他的目光中看出他受到了打击。

"你不来太吃亏了，医生。我还有个提议，明天等你宿醉的劲儿过去了，拿上一个小行李箱，装上登山装和登山鞋，然后来和我住几天，怎么样？"

"这个提议非常诱人，我会考虑一下。现在你打算做什么？"

"现在？回家，睡一会儿，拆行李，然后去购物，毕竟万一最后你答应我的提议了呢，我们得有东西吃啊。"

"留下来。"

他不怀好意地看了我一眼。

"留下在这儿睡一会儿吧。我知道听起来有点儿奇怪，但如果你留下来，我会很开心的。"

"你打呼噜吗？"

我笑到露出了所有的牙齿。

"你呢？"

"有点儿，但我的呼噜打得很优雅。"

房间里，放下来的百叶窗与阳光嬉戏着，用光影勾勒出一张蜘蛛网。他对倚在墙边木地板上的一幅可可·达维斯[1]的画作表示了赞赏。

"是别人送给我的礼物。"我大声说。

灼烧感开始在我的膈肌上放大，如同火焰在被燃料浸湿的地板上蔓延。那是一幅画在大尺寸德国纸上的丙烯画，靛蓝色的背景上只用四抹红色的笔触来暗示画中一具裸体。我四一岁生日的时候毛罗送了我这幅画。大火继续烧，带来连锁反应，蔓延到摆在床边柜子上的在圣胡安那一晚拍的照片，继而延伸到露台。露台已经变成一片沼泽，我试图拯救那些植物的战役已经基本宣告失败。火焰的源头在床上。只有我和毛罗在这张床上睡过觉，再就是莉迪亚的女儿们，她们很小的时候在这张床上睡过一两次午觉。让这张床失去祭坛的光环，这应该是第一步：赋予这张床新的用途，让基姆躺在床上，让他皮肤上雪松的气味浸染床单，以及这个散发出荒漠气息

---

[1] Coco Dávez，西班牙当代女画家、摄影师。

的空间的每一个角落。

我们坐在床上的时候，他用眼睛瞟着那张照片，但是什么都没说。谎言的艺术要求说谎者精力集中，我不能允许自己因为一堆代表过去的物品而露出马脚。

"你介意我脱掉鞋子吗？"

"我邀请你来睡觉就是要睡得讲究一些，你可以全脱了。"

我们只穿着内衣依偎在被子底下。

"小骗子！你的脚这么冰！我忘了你长的不是脚而是冰块！"

笑声零落，双手忙乱，他手臂上长着浓密的汗毛，言辞露骨而明确，在这些之间，我们面对面躺着。我闭上了眼睛，这样就不必面对那个朝我内心深处不断开炮的事实：基姆的身体在床上占据了毛罗原先睡的那一侧。一个是我不爱但是想得到的男人，新的男人；另一个是已经不在了的男人。一个是哈哈大笑的男人；另一个是有心机的男人。而我早就知晓这一点。

他深深地凝视我的眼睛，征求着我的同意。他离我那么近，这一切忽然显得那么不真实，那种意料之外的快乐。我触摸他的头发，亲吻他的眼皮。

我不想要跨年派对，我想要来自某位朋友精确的感情、身体的温度，然后睡觉，把我头脑中所有的声音都屏蔽掉。我承认我和紧挨着我躺着的那具躯体如此不相配，但我感觉充满了自信。他花了很长时间和我欢爱，吻我，推我，粗鲁地把我的胳膊向后掰，而我假装这一切都完全正常，全都由着他。他没有给我争取主动或者说话的机会，我也觉得没有问题，一切都没问题，我只是一具躯体，我除了欲望之外再无其他。我没有被点燃，完全没觉得热起来，我过于沉浸在一件更重要的事情上：感觉到自己活着并且被恋慕。

结束后，我转过身去背对着他，看到了毛罗的照片，照片里的我们沉浸在露天舞会的氛围里，没有觉察到相机的存在，别人为我们定格了这个永恒的瞬间。这张照片证明，圣胡安那个夜晚确实存在过，毛罗确实存在过，而且曾有一段时间我们一直和睦相处。"我们"确实存在过，而且"我们"过得不错。我的目光停留在那段时光留下的唯一证据上。

基姆把手放在我的胯骨上。

"葆拉……"

"嗯……？"

"你瘦了很多。"

那时候我原本可以告诉他的，我原本可以把我的不幸和痛苦压缩成一个简短而客观的句子，我原本可以大声说出来的，"我最好的朋友""他原本是我的伴侣""在一场车祸中去世了。去世之前，他为了另一个女人离开了我。这一年我过得很艰难"，类似这样的话。但我任由他随意联想。无可奉告没有死亡听起来可怕，况且无可奉告也不会引起他强烈的排斥感，排斥感意味着人们为你感到难过。我吸了口气，大声说："既然你这么说，那我大概就是瘦了。我一定要尝尝你在波士顿学到的新菜，看看你到底是不是个好厨子。"

一片安静。肺部缓慢地工作着，与舒缓的呼吸节奏一致。外面呼啸的风声在试图提醒我什么。"别想了，葆拉。睡吧。"

"那，明天你来吗？"

"嗯，明天我会去的。"

这条路很美，路两侧是茂密的橡树和栎树林。我在路边一块平地上停下来，给基姆打电话，想告诉他我可能迷路了，但手机没有信号。我只看到一家人带着孩子下车溜达，活动腿脚，他们没有听说过我要去的山谷，所以我继续往前开，也只有这一个方向可以走，按照这张皱皱巴巴的纸上的提示，我开到14公里的路标处。我抻着脖子张望，想看清这条没有尽头的弯道通向何处，脚下有个不起眼的指示牌欢迎我来到某个国家公园，我觉得我要找的山谷应该就是属于这个公园的。这块牌子让我一阵轻松，生出一种已经走到这里了的喜悦。

一条土路在树林间蜿蜒，显露出山峰的轮廓。山势平缓，远处有几座农舍和大片的葡萄园，葡萄藤上覆盖着冬天的霜雪。迷迭香和没开花的帚石楠填满了所有空隙。

我把车停在一座石房子前，碎石子在车胎下面发出咯嘣声。这座房子应该是他的没错了，因为我没看到任何别的房子。它坐落在道路的分岔口，和他昨天在地图上给我画的位置一致。我把车熄火，下车。打破寂静的只有远处的狗吠和风吹过白杨树裸露的枝条时发出的飒飒声，一棵棵白杨树从房子四周向外延伸，后面是大片的森林。没等我看全周围美景，房子的门打开了，基姆匆匆忙忙地出来接我。

"进来！车也开进来，车可以停里面！"他从小小的门厅冲我喊道。

但是我把车留在了原地，然后怀着旅途中全部的焦虑朝他跑过去。我的双腿在颤抖。基姆不会理解这对我来说意味着怎样的壮举——我向医院申请了四天节日假期，晚上给桑蒂打电话，祝他新年快乐，然后撒谎，对他说我赞同他的想法，他是对的，我需要停下来休息一下。我假装自己是一个沮丧的好女孩，努力不让自己的声音传递出我难以抑制的对逃离的渴望和身体的欲望。也是这种欲望促使我匆忙收拾了箱子，从抽屉最深处翻出我最不实用的内衣，对着镜子练习微笑，尝试垂下眼帘，清空眼睛深处的精神创伤。不，如果不告诉他全部的真相，他是不会理解的，他更不会懂得，我是经历了一场时间旅行和种种冒险才到达这里的，来的是我，而不是另一个在阴影中蹒跚行走的我。现在我不能想太多关于她的事，因为一旦我想到她，她就会化身为受害者，那么我就会因为对她太过苛刻而感到抱歉。让她闭嘴意味着翻过一页，意味着敢于把她的过去抛到脑后，然而我爱这段过往，如同我爱最黑暗、最隐秘的事情。

"呃，医生……你还好吗？"

"一切都很好。"

我转过身欣赏周围的景致，深吸了一口气。我身处浓密森林中一幢小巧的石头房子旁边。一条河沿房子蜿蜒流过，就像惊喜礼物上打的蝴蝶结。我在寓言故事里、在有狼和小红帽的童话故事里读到过无数次这样的石头屋，因此一想到要在里面过夜，至少让人有些兴致。

"欢迎回家。"

他建议我穿暖和一点儿，然后兴致勃勃地给我展示这里的一切。他三年前租下了这座房子。这里原来住着一位佃户和他的妻子，现在他们搬到乡下去了，离这里只有十分钟车程。他说着把那条路指给我看。房主夫妇同意基姆对房子进行小规模的改造，于是他把一个小棚子改成了木工作坊。我们走进作坊，他点亮天花板上的三根灯管，屋子里被照亮时，我注意到他有些紧张。灯光下有一张工作台，上面铺满了平面图、圆规和各种我不知道名字的仪器。屋子最里面有一些散落的家具零件，还有一台我大概会称之为电动锯的机器，恐怕这是我能赋予它的最相配的名字了。屋子里散发着木头、树脂、胶和清漆的味道。

我用手抚摩着立在房间中央的五斗柜。

"当心点儿，上面有木刺。我还没打磨好。"

他把双手揣进口袋里，骄傲地环顾四周。

我从小巧的铁皮柜上拿起一件工具。

"这是我第一次来木匠作坊。"

我摩挲着工具上衔接钢刃的把手。

"凡事都有第一次。"

我点点头，笑了。

"这个叫什么？"

"弧口凿，是用来切割的。来，你看。"

他从我手中拿走了凿子，用它的刀刃斜刨入一块方形木块，然后给我展示它在木头表面切割出的精确切口。他朝刨出的凹面吹了口气，吹掉木屑，然后让我把食指指肚放在切口上，凹面和我的指肚完美吻合。

现在我确认了，基姆是属于这个空间的，这一点很明确。去年我对他还只停留在直观认识上，一直在想象他是什么样的人，如今他的形象突然意外地明晰起来，我的内心却警告我应该赶紧跑掉。我需要相信我可以待在这里，我需要相信今天待在这里没问题。

"我经历了人生低谷。"他说，我静静待着不动，固执地履行我跟自己达成的约定。他的真诚无法改变我的谎言。一年前他就告诉我他离婚了，而我没有跟他说起过我人生的细节，他也从来没有问过我。所以说葆拉，放轻松，你也不是必须现在告诉他。他辞去了之前担任的顾问工作，因为厌倦了那里的压力和灰暗的、令人不快的氛围。

"我说过，总有一天我要让这一切都去见鬼，然后我要到乡村里养四头猪。我不知道怎么回事，但是我做到了。"

"你有猪吗？"我不解地问道。

我的问题让他笑得乐不可支，富有感染力的笑声逐渐化为一枚湿吻，它打开一千扇门，粉碎了所有后退的可能性。

"没有，医生，我没有猪。"

他用一根手指蹭着我的眉毛，用一种初次见面的眼神望着我。

"基姆，我……之前我让你不要接近我，很抱歉我说过这样的话。你大概会觉得我很没有教养，其实你误会我了。"

"是很没有教养。"他笑了。

"你能原谅我吗？"我低声问道。

他没有马上回答，甚至闭了一下眼睛。我不知道他的脑海里存储着什么样的场景，也不知道他在那里搜寻什么信息；我不知道他在追寻什么，在做什么，是不是在取笑我；我不知道他在对自己说什么，他在想什么，他要远离什么或者要回归什么；我不知道他是否已经厌倦了我的身体，我的话他是否在意；也许他在许愿，或者他在纠结我道歉里的含义。我的心脏剧烈地跳动着，像要生病一样。我的脸颊因为羞耻而变得滚烫。我知道，我的措辞中缺少最关键的那句话，那句话里有一个不能说出口的黑色词语，足以终结所有童话故事里的魔法。

我还是不够了解他。我只知道他是一个简单、强壮而有趣的男人，在他的词汇表里珍藏着"弧口凿"这样的词汇；距离我们一起度过的那个怪异早晨已经过去了将近四十八个小时，他也没有问我问题。他是一个凭空出现的男人，就像别人扔给你的那种，只要抓住就能拯救你生命的绳索或者机会。我也知道谎言无法成为一段关系顺利的开端。总而言之，我觉得说谎就像是掩盖事实，只要真相不被知晓就趋近于没发生过，举个最近的例子，比如毛罗的死。

"如果你肯帮我打扫卫生还有切菜的话，我就不往心里去了。"最后他在我耳边低声说，还牵起了我的手，紧紧握住，用一种坚定的姿态囚禁了它。他绝不是在开玩笑。

16

突然间我嘴里充满了崭新的味道：茴香、西红柿干、调味油、无花果。我的双手沾满面粉，揉面团的过程赋予我一种孩子气的幸福感。我不时停下这种刚学会的、胳膊上的机械运动，听他讲关于厨房的故事。厨房对基姆的生活来说相当于神经中枢，绝不仅仅是一个随时路过、用来填饱肚子的地方。白天，阳光透过窗户照进厨房里，细小的尘埃颗粒顽皮地跳着舞，等待他拉开窗帘，点燃他舞台上的火炉；等到夜幕降临，他会张罗一桌晚餐，和朋友们围坐在巨大的餐桌旁边。那是一张珍贵的桌子，因为它无疑是基姆用自己的双手创造出来的。他和一个住在波士顿的意大利籍女性朋友共同开设了一门课程，参与课程的学生们也时常围坐在这张桌子旁边。乔万娜（Giovanna），他念出她的名字时，会玩味地突出那两个分开的"n"的发音，同时以一种戏剧性的姿态望向虚空。乔万娜。但是我没有跟他求证我心中的猜测，最有意思的是，我完全没有因为这个感到困扰。他先是跟我解释说，那个烹饪学校是乔万娜的，校址位于她生活的波士顿，他和她合作，如果能招到学生就在这边开课。所以当木工作坊的订单比较少、他的时间和收入都允许的时候，他会到波士顿待一段时间。他已经过了好几年这样随遇而安的生活，对未来没有太多规划。做饭用的木质岛台也是他自己打造的，他会在岛台边以惊人的速度把食材切丝，把小牛肉切丁。昨晚他还把我抵在上面，吻我的全身，直到我失去知觉。

此外还有红酒，它在木头上染上一圈圈石榴红色的酒渍，仿佛在记载这座房子里时间的流逝。他会用一块总是挂在腰带上或者拴在日式围裙系带上的绒布把酒渍擦干。这个动作是下意识的，他停止说话、停止搅拌炉子上的炖菜，擦干台面的同时，会揽着我的腰把我往左移一点儿，好伸手去够装盐的瓶子。在这里，葡萄酒就像空气，是饮品，还是某种能让人变甜美、释放天性、情绪高涨的东西，它已经不是几天前供我逃避的狭窄走廊了。他让我小口啜饮，教我在酒里探寻它浓烈的香气，教我欣赏灌木、腐殖土和皮革的气息。

"闭上眼睛。你没闻出来吗？基调是熟透的红色和黑色果实。"

我摇摇头。

"再给我讲一遍。"

我又喝了一小口，然后去寻找他温热的双唇，舌尖沐浴着酒香。我们身后，文火慢慢把洋葱炖出甜味，把几颗大蒜焙出香气。他的手伸进我的羊毛衫里，带来肌肤相贴的热度和触感。我终于找回了我的生活。

我可以停留在这个空间里，幻想一切本该如此，就像人生第一幕和最后一幕之间的停顿。为什么不呢？这一切在我身上切实发生着，就像山谷里无情注视着我们的群山一样真实，就像结束了远方战役疲惫回归的食欲，就像昨天夜里蒙在被子底下压抑的笑声。但是那团阴影已经在门外窥视我了，它缓慢又警觉地向我靠近。

"撒谎是懦弱的表现。"它充满怀疑地对我说。

然后它飘走了，消失在砂锅的蒸汽中，但这已经不重要了。因为基姆又一次开始脱掉我的衣服，我让他品尝我的手指尖，抓住他的臀部，我们"砰"地把一只满满装着枣子和核桃的大碗搡到一边。我筑起了一道临时的城墙，不让痛苦的回忆翻墙而入；我写下一个括号，里面容纳了欢愉、爱抚、赞美、酥麻和如此多的亲吻，只容下此刻的美好。柴火在壁炉里噼啪作响，这就是一切。

第二天早上我们去了镇子上，那里非常荒凉，只有几只猫在溜达，对抗着那里的寂静。基姆告诉我，这里到了夏天人气会旺一些，但变化也不会太大。我们的脚步声在小巷里回响着。小镇上只有唯一一座广场，所有的商业活动都聚集在广场四周：一间售货亭、两个酒吧、一家肉铺、一家超市，还有两家面包店在竞争谁做的海绵蛋糕更好吃，夏天的时候这里会开一个小小的鱼市。还有一座小小的、摇摇欲坠的教堂，整个屋顶都铺着釉面瓦片。我们朝高处的银行走去。基姆进去办手续的时候，我在外面等他。我没法在这里生活。寂静成了这座城市的核心特征，这让我绝望，我发觉自己越来越紧张。"我到底在这里做什么？"我想给莉迪亚打电话，但是在拨通前的最后一刻停了下来。最后我只给她发了一条短信，告诉她我现在和基姆在一起，一切都非常顺利，我很久没有像现在这么开心了，还跟她约好，下周在医院碰面的时候详细讲给她听。给她发信息我就不必解释为什么这些天没有联系她，也不需要定义现在我所处的这种含糊不明的关系，这种不明确感像一只不合时宜的闹钟，提醒着我某种可以隐约预见的结局。每当我注意到它的时候我都会不由自主地摇头，就像在用手驱赶一只讨厌的苍蝇。

"好了，医生。我们去喝杯咖啡吧？"

广场挺不错的。我们紧挨着火炉坐在露天茶座上，跷着二郎腿，努力对抗着寒冷。不过，在户外晒晒太阳，直接吸收阳光的能量，还是值得的。

"感觉怎么样？"

他轻轻踢了一下我的鞋子。太阳镜马上成了我的盟友。或许说谎让我变得有点儿神经质了，但我还是觉得基姆经常想套我的话。

"很悠闲，但是腿有点儿酸。很有意思，你不觉得吗？啊，我吃得也很好，明年1月之前我都预定了，你可以放宽心。"

他机械地笑了，因为这不是他想要的答案。他再次装满弹药。

"你待在我家我很开心。我是说，最后你能待满三天，我真的很高兴。"他凑过来，吻了吻我的嘴唇。大庭广众之下，他这样做让我有些无措，我感到某种幼稚的羞耻感。"你知道吗，我一直都很想你。"

服务员端来咖啡，询问黑咖啡和奶咖啡分别是谁的，并给我们解释了一下牛奶的温度，算是打断了基姆想说的话，而我正好趁这个时间思考，怎么才能伪装得足够真诚。服务员离开后，我坐直身子。

"你的想法呢？"他问道。

"我们每次见面的时候我都很开心，但我们聊得那么少。我不想过于坚持或者打扰，我在脑海里剪辑了上千部电影，想象你在想什么，回想我有没有说过或者做过什么让你讨厌的事情。我非常想再见到你。我不得不努力克制让自己不去想你。但是你知道的……你越想戒掉一件事，你就对它越渴望。"

"我也很想见你。"我停顿了一下，为了表明我的真诚，我把太阳镜推到头顶上，"我很感激你能尊重我们之间的沉默。我发誓我是真的很想和你在一起。"

"但是？"

"我不知道。"我耸耸肩膀，又把墨镜放下来戴好。"基姆，我觉得我们都是成年人了，开始和新的人约会是一件需要深思熟虑的事情，至少对我而言是这样的。我不想会错意。"

"那现在这种情况，我们该怎么办？"

"撒上面粉然后揉匀。放入烤箱，250摄氏度。"我调皮地回答，同时快速在他手上摸了一把。他把餐巾纸揉成小球朝我扔过来。

接下来发生了一件事。从横贯小镇的那条大道的尽头，开过来一辆殡仪车。突然间，一切好像都变成了慢镜头。两只鸽子俯冲下来，吓了我一跳，是红眼睛的岩鸽，脑袋很大，体形短而宽，眼圈的颜色是鲜艳的红色。痛苦的感觉吞噬了我。教堂的钟缓慢地一下一下敲响，车辆黑色的金属外壳反射的光灼烧着教堂外立面。两位穿着黑衣服、在角落说话的老妇人回头张望着，用手捂着嘴巴窃窃私语，好事儿的目光一直追随着车辆离开。没几秒钟，车就从我们面前经过，我能看到绑在车后的花圈。花圈上垂着一条白色缎带，上面写着"你的孩子们永远不会忘记你"。我不会掉进这个圈套的，死亡无法以这种方式折磨我。我反复对自己说，这只是一个巧合。自从毛罗不在了以后，任何与丧葬有关的事物都能勾起我的回忆。我必须控制自己的颤抖和胸闷的感觉。"你必须控制自己的感受，葆拉，深呼吸。每天都有很多人死去，没人比你更清楚这一点了。"尽管如此，这个场面还是让我浑身冰凉。

"是个女的。"

基姆的声音把我拉回广场上。

"你说什么？"

"刚才开过去的那辆殡仪车，死的是个女的。"他一边搅拌咖啡，一边以一种事不关己的冷漠语调这样说。我心中涌起打他的冲动。"我们这里敲丧钟的时候，如果是连敲两下、重敲三下，就代表死掉的是女性；如果连敲三下、重敲三下，就是男性。"

我的喉咙像是被什么东西堵住了一样，说不出话来。那辆车在教堂对面停了下来，从车上下来两名穿着西装、膀大腰圆的男子，其中一人准备打开后门，把棺材抬出来。我一下子跳起来，跑进酒吧结账。我不知道基姆在干什么，我没办法转身。

走出酒吧，我努力不看教堂的方向，但能听到金属碰撞发出的声音，应该是折叠式担架发出的。躺在上面的女人已经成了一个具体的数字，变成了丧钟敲响的次数。

"我们走吧？"

"呃，为什么这么着急？"

他拽着我的胳膊，让我重新坐下。我被迫坐了下来，但是背对着他，以免看到教堂门口正在发生的事情。

"我不舒服。我们走吧，求你了。"

去取车的路上我们都没有说话。他的手臂搭在我的背上，把我揽过去。我们就这样走了很久，但我的身体和他的步调并不一致。我感觉脖子僵硬，嘴巴干涩，坏心情不可挽回地吞噬了我。

开车往回走的路上，他一直在侧着头观察我，然后把一只手放在我的大腿上。他平时爱抚我或者亲吻我的时候，少了欢爱的肥皂泡虚构出的亲密感，我总会觉得有什么东西不对劲。我既无法回应他的感情，又无法全然享受。但是很久以前，我和毛罗浓情蜜意的时候，毛罗做出同样的示爱举动时，我是很享受并能够回应他的。

"我们不去远足了，这样你可以休息一下，你觉得怎么样？"他说道。

"不，我很想走一走，真的。我已经好多了，不好意思。我刚才头昏脑涨的。没事了。"

又是一个谎言。我微笑，强迫自己握住他的手。

我们差不多走了两个小时，一开始沿着几座农庄，后来顺着路一直走到一处岩缝里的天然泉眼，泉眼里涌出冰凉的泉水。大量的身体运动加上基姆一路上的闲扯改变了我的心情，我重新恢复了镇定。莉迪亚给我回了一条简短的信息，祝我玩得愉快，说这是我应得的。她还说，等我回去，她要我事无巨细地讲给她听，后面跟着三行表情符号。我快步朝山上爬去，心中反思我究竟应不应该为了找回自我、享受几天虚假的爱情而编造谎言。过多的推理在我心里缠绕堆积，我举手投降，厌倦了如此多的循环思绪。

基姆登上山顶比我快很多，坐在一块岩石上等我。我找到他的时候，他正陶醉地注视着我们脚下的山谷。我望着他，他没有发现我，我放松下来，回忆起阿姆斯特丹。是雪，幽静的雪暂停了时间。

晚些时候，黄昏降临，我泡在基姆的浴缸里。白色的浴缸装饰着金色的支脚，是从一家古董店搬回这座森林深处的小房子里的。我敢确定，我不是第一个在这个浴缸里泡澡的小红帽。这些天我试探着放纵自己，享受当下的一切。偶尔有水滴落入满满的浴缸，打破液体的寂静，一滴，过几秒钟又一滴，无休无止，和着一种十分缓慢的节奏，但终归还是有节奏的。我把大脚趾抵在水龙头上，这样就不用再继续听这个临时时钟的倒计时。我想起之前在小镇广场上发生的事，不适感从胃里向喉咙蔓延，我想呕吐。我知道这种感觉是什么，因何而生，我别无选择，只能尽快做决定。

浴缸里很舒服。脚底板因为行走而产生的令人愉悦的涨痛感被热水缓解了不少。痛苦就像一张色卡，当你亲身体验过，你就能分辨出它不同的色调，生理疼痛的痛感色调远不及心理疼痛的浓烈。

我把胸脯从漂浮的泡沫下挺起来，再沉入泡沫之下，反复与泡沫嬉戏，感受整个脊梁在水中悬浮的感觉，不需要勉强挺直腰板，也不需要支撑身体去解决问题。我可以放任自己，当一个没有灵魂的躯壳，用性爱宠幸我的身体，赠予它欢愉，让它浸泡在温热的洗澡水中，用诚实的感情包裹它，不让它劳神思考。我一边想一边玩水，直到基姆带着脸上一边一个的酒窝走进浴室来。他望着我，带着一种他特有的充满了木头桌子和美味菜肴的乐观情绪。

"你知道吗，浸泡过的菜豆，"他探出手，用手掌拿给我看，"体积会翻倍。"

我再次爆发出一阵我以为已经不会再出现的大笑，就像每次大笑的时候一样，我吻了吻基姆。可怜的基姆不知道这个吻是出于纯粹的感激，他带着一种怀疑的目光回吻了我，摸了摸我湿漉漉的头发，递给我一条毛巾。

时间一个小时又一个小时过去，永不停息。它们是由梦境中的脆弱时刻构成的：我们窃窃私语着，目光浓烈地注视对方，为许多并不很有趣的事情大笑，我们陷入了新鲜感和欲望的魔咒。我把爱的可能性（而不是爱情本身）摆在了桌面上，提醒自己这个假设已经成了我身体的重心。

"这个星期我要去巴塞罗那送材料，周三肯定是要去的，说不定周五也要去。你愿不愿意挑一天和我一起做点儿什么？或者如果你愿意的话，这两天我们可以都见面。你想去看电影吗？"

他越说越振奋，眼睛睁大了许多。

"我得跟我的领导聊一聊，看看我没上班的这四天要办什么手续。"我撒谎。谎言很轻松地就说了出来："下次再约好吗？"

"好吧。"他不看我，拿起酒杯喝了一口，"那我替你报名2月第一周的半程马拉松比赛喽？就是我跟你说过的那个。"

"可是，基姆……我不知道我的身体状态行不行，真的。"

"你的身体状态非——常好，别谦虚了，小骗子！比赛会很有意思的。"

"我会提前告诉你我能不能参加，但是我得先确认我需不需要值班。"

我用手不停地旋转耳环后面的耳堵。我双手捧着他的脸，然后笑了。

我奔放地亲吻他，一个又一个吻。我用双手和舌头引诱着他，点燃他的热情，让他忘记了所有原本想跟我说的话。在一段由手臂、手掌和双腿呈现的舞蹈中，我们挪进他的房间，以一如既往的热情欢爱，但我表现得比以往更加深情、更加投入。我想让事情变得简单些，于是准备了自己的辩解方式。

我们互相爱抚的时候，他发出几声嘶哑的呻吟、断断续续的舒服叹息，我趁机在他耳边低声说我配不上他。他皱着眉头看着我，但他正在情动之中，实在难以分出心思探究我话中的深层含义。他咬了我，弄疼了我，之后我就不再尽力取悦他了。我随波逐流，开始琢磨要怎么把我的决定告诉他，但他是真的很享受，我应该让他相信最后这一次和之前那些一样尽兴。于是我用我的身体说谎。不过，这是最后一次了，在我内心，性吸引力和欢爱游戏都会像我在这栋房子里的停留一样转瞬即逝。

晚些时候，他兴致盎然地跟我说，夏天他会为了听蟋蟀的叫声开着窗户睡觉，他希望能遇上好天气。

"到时候你就知道了，我会和同事们在外面支架子烤肉。"

未来就在眼前了。是时候了。我把一只手放在他胸口上。

"你的心跳非常慢。"

我把脸靠在他的胸膛上，这样他就看不到我的表情。

"你都把我累死了，小野猫，它怎么还能跳得动呢？"

我笑了，但我闭着眼睛，一副紧张的表情。

"谢谢你照顾我、做饭给我吃，谢谢你给我带来的欢笑，谢谢你在家里招待我。"

"别冒傻气。说什么呢？"

我抬起脑袋和他平视，抚摩他的头发。

"明天一大早我就走。"

"我知道，医生小姐。有一堆小家伙在等着你。"

我温柔地望着他。

"然后我们不要再见面了，基姆。"

他慢慢撑起身子坐了起来。

"你在戏弄我吗？"

"我没有。对不起，我不指望你能理解，但是不理解也没关系。"

他生气了，冲我大喊大叫。他说了诸如"婊子"之类的脏话，还说了好多遍"约炮"。他说如果我只想约炮的话为什么要给他打电话，如果我只想约炮的话就应该老实告诉他。我冷静地承受着倾盆而下的辱骂，我活该，另外，他一丁点儿都不同情我，这让我感到宽慰。

他说我们还在互相了解的阶段，他没有任何想绑住我的打算，也没有关于未来的计划，但我给他打的那通电话让他以为我不只是想和他上床。"上床"这个词在我看来属于我人生中很久远的时代，我差点儿笑出来。在他的悲情表演中，有的桥段听起来像是循环再利用的谎言。

"我当时想要的不只是上床，基姆。"我平静地说，我终于不必再编造更多谎言了。

他无法理解地望着我，我想拉他的手，却被他躲开了。他停顿的间隙，我试着让他认真听我说话。我对他说，他是对的，我很抱歉，这不是他的问题。

他的声调渐渐低了下来，就像一个从号啕大哭中平静下来的孩子，已经彻底放弃了，明白自己再怎么哭也得不到想要的东西。最后，他穿上睡裤，用力拽起一个枕头和一条毛毯。

"已经凌晨2点了。路面上可能结冰了。在这里睡吧，拜托了。"

他没有和我对视，摔门而去，刚才我对他表现出的敌意和羞辱都一股脑儿反弹到我自己身上。

几个小时之后，我们两个都没有睡着。他回到房间里，上床，从背后抱着我。他说话的时候头抵在我背上，我感觉他的声音在我的体腔中振动，温度又回来了。

"抱歉我刚才对你说了那样的话。"

"没事的，基姆。"

"如果你改变主意的话，你知道到哪里找我。"

我很清楚即使我回头来找他，我们的关系也无法复原了，他背着满满一袋子夸张的演技，不知掩藏。假如不是我，他也会对另外的那个她这样说，但这不是我想结束这段关系的原因。现在我只能为自己着想。房子是没有办法从屋顶开始盖的。

"谢谢你，基姆，真的，谢谢你为我做的一切。"

我离开的时候天刚蒙蒙亮，浓重的雾气执意为这场告别增添了悲情色彩。车子很难发动。天气很冷，冰霜给整个世界覆上一层轻透的白衣。今天估计很难看到日出了。

"我看看，再打一次火。"

基姆把手撑在车门上。我重新拧了一下钥匙，又试了两次，终于发动了引擎。我们顺从地望着对方。

"至少我们一直拥有阿姆斯特丹。"他开了个玩笑，但是声音有些哽咽，或者只是我自己这么以为。

"照顾好自己，基姆。"

他关上车门，对口型跟我说再见，然后就走了，没有再回头。

单身女人又一次独占了车内空间，我立刻认出了她熟悉的身形。我不急不慢地驶过那段土路，然后在"禁止驶入"标志处停下来，拐入那条全是弯道的公路。我感觉自己需要放下车窗，呼吸整个森林提供的氧气。我想把河水冲击卵石的哗啦声、即将落下的雨水的气息、自由以及皮肤上基姆的触感带回家，还想把对未来的信念、证明自己活着的证据、人生还能重新来过的证据带回家。这时，一只猫头鹰从石墙顶上探出的一根扭曲枝条上飞起，钻进道路另一边的栎树林里不见了。它可能只是我想象出来的，或者是我梦到的，但我内心的某些东西开始瓦解、改变。猫头鹰只飞了几秒钟而已，跟魔法持续的时间一样长。改变是可能发生的。也许对自己而言，自己本身就是一个好的归处。

从小我就想皈依天主，就像玛利亚·冯·特拉普①那样，不过我记得我从来没跟你说起过。她在修道院的生活是我最不感兴趣的部分，但我认为教会时光是她后来所有经历的先决条件。很快我的愿望就从成为她那样的人，变成了希望有一个像她一样的人出现在街上，手里拎着行李箱，寻找我们家的门牌号。许多个晚上我都跪在床上面朝窗户，双手合十，祈祷能有一个玛利亚出现在我们的生活中。我坚信爸爸需要一个像她那样的女人。我幻想着冯·特拉普上校和他的女儿弹着吉他演唱《雪绒花》的画面。我把那种对奥地利的爱国情怀改编成了对爱情的海誓山盟。最简单有效的解决方法就是给爸爸找个人。他的生活中应该出现过一些我不知道的恋情，因为有一天我放学回家的时候，在玄关撞见了一个衣冠相当不整的女人。我什么都没问，继续等待玛利亚的到来，直到希望一次又一次落空。

　　莉迪亚把玻璃花瓶灌满水，在里面插了一根桉树枝条，嘴里念叨着，眼下最简单有效的解决方法就是找个伴儿，别一个人孤零零的。"我不是说你必须找个人住到家里来，葆拉，但是多找点儿乐子对你有好处。"我暂时逃往奥地利阿尔卑斯山区的旷野，对在你之后出现的新男人闭口不提，他们应该为我找回快乐和欢愉，而且的确做到了，只是方式不够有效。假如未来还会有新的男人出现——我

① Maria von Trapp（1905—1987），于1949年出版自传《冯·特拉普家的歌手们》并被改编成电影《音乐之声》，是电影女主人公玛利亚的原型。该片讲述了修女玛利亚到特拉普上校家当家庭教师，并和上校的7个孩子很快打成一片，而上校也渐渐在玛利亚的引导下改变了对孩子们的态度，并与玛利亚产生了感情的故事。

也会闭口不提这个已知的确凿事实——回归的快乐和欢愉也是不完整的，就像我的这场战役中负伤归来的士兵。

我非常想知道你对这一切的看法……你会不会觉得我很夸张？我非常想和你讨论，虽然现在我们已经不再是共同制造回忆的两个人了。我相信我们已经学会当好朋友，总有一天你会像以前一样来医院接我，而我会向你解释，简单有效的解决方法不是找个伴儿，而是先把自己重新整理好。

接下来我会把关于《音乐之声》的事情讲给你听，你会笑得前仰后合。我会邀请你一起吃晚餐，等我们到家了，我会把暖气温度调高，因为我怕冷。而你会挠挠脑袋，在原本是你办公室的那个房间里找到某本植物学著作，怀着对书籍的爱护之心把它从书架上取下来翻看，直到找到记录着那种长得像白色棉花糖的花儿的那一页。为了让在另一个房间的我能听到，你提高声调大喊："是的，葆拉，这种花是菊科的，它成簇生长在阿尔卑斯山区的草原还有欧洲高海拔的山地上，叫作高山火绒草。你听到我说话了吗？"而我正坐在床上脱丝袜。我会独自微笑，发出一声平静的叹息，我们之间的一切都会安然地回归原位。

莉迪亚不停地说着话，手里摆弄着桉树的枝条，而我内心深处只有《雪绒花》的旋律在回响，包裹在永无尽头的冬日的气息中。

17

　　高多传媒集团①坐落在对角线大街上，挨着弗朗西斯科·马西亚广场。我走进集团大楼时，保安让我出示身份证件，紧接着给了我一张访客通行证。我把星期二上午川流不息的车辆留在门外，在那个刚才不情愿地跟我打招呼的保安的密切注视下走进楼道，然后马上被这幢建筑的现代化气息和玻璃美学吸引。这里面隐藏着一个小世界，就像我工作的医院一样，只不过在这里出没的大部分是记者，记者和音响师，而不是医生和患者。我怎么也没想到，卡拉是广播电台的音响师。自从我在医院候诊室遇到她，我就把她当成舞蹈演员，我曾想象过她扶着栏杆，抬起一条修长的腿向上伸展，做一些拉伸动作的样子。她身材苗条，身姿沉稳，开始原地旋转，头发绾成一个发髻，胸脯小巧而坚硬，几乎没什么脂肪。我为她创造出一个演出的舞台，毛罗在台下痴迷地注视着她；我给她穿上白色的芭蕾舞裙，让她的脚上布满水泡、老茧、汗水和鲜血。

---

① Grupo Godó，高多传媒集团成立于1881年，是加泰罗尼亚地区最大的传媒集团、西班牙主要的传媒集团之一，旗下拥有报纸、杂志、网站、电台、手机客户端等多种媒体，覆盖人数达530万。

我的胃里开始翻腾，就像一个小女孩要去面对每个夜晚都会出现的怪兽一般，既激动又羞怯。我小心地克制着自己的羞耻感，不让它流露出来。我们在聊天软件上进行了言简意赅的交流，无须多说，两个人都默契地收起了那些表情符号和感叹号。我们都清楚，我们之间的交流可能会改变毛罗的形象，我们好像都爱过他，也都曾属于他。我们并不需要去争夺他。

她约我上午11点在十五楼见面。她在节目之间有半个小时的休息时间，不过她写的是"半个点儿"。屏幕上的指小词①让我开始想象她赤裸着身体，把印着卡通图案的白色内裤扔在地板上，蹦蹦跳跳地走进淋浴间，大笑着在毛罗重焕青春的身体上涂满泡沫的画面。

我爬上十五楼，努力提醒自己，是我约她见面的，现在想逃跑已经太晚了。

两个和我年龄相仿的男人在我对面大笑着，他们说起一个人，他们刚送给这个人一次直升飞机旅行，据说把他吓得够呛。他们穿着休闲，无拘无束，展示着一种永远长不大的大男孩形象。他们蓄的胡须修剪得精确到毫米，喷着香水，擅长运动，身形像前台的姑娘以及这层楼所有的员工一样轻盈。

"你好。我约了卡拉。"

我发现我不知道她姓什么，所以这句话我没能说完。不过这不碍事，很快我就发现她是这里唯一一位女音响师。她说话有点儿特

———————————
① 指小词是指西班牙语中带有"小"或"微"含义的指小后缀，有时有昵称或爱称含义。

别，因为她发不好大舌音，此外她的左眼有一点儿痉挛，几乎难以觉察，但是一直存在。现在我更理解了，她就是毛罗喜欢的类型，我全情投入在治疗病患和研究学术文献中时，他逐渐爱上了她这些第一眼难以察觉的细小缺陷。

"你好，葆拉。"

她到前台来接我，以一种沉重的语气向我问好，眼神中带着一种不信任的阴影。她让我进录音棚等她五分钟。和这里所有人一样，她走路很快。我不认识路，笨拙地跟在她身后。卡拉用食指示意我再等一下，于是我站在那里发愣，双脚并拢，两只手插在夹克的口袋里。我想离开这里。几天前我突然冲动了一把，觉得是时候整理一下过往、开启新生活了，于是我联系了那个舞蹈演员（事实证明她不是），想跟她谈一谈，但是我并不清楚我想从中得到什么、我做这一切是为了什么，而现在我觉得这个主意毫无意义。"你都到这里了，葆拉，冷静点儿。你的年龄几乎是她的两倍。"不过恰恰是她青春洋溢的外表让我咽了口唾沫，闭了一下眼睛。她在一张满是电路和闪烁着的指示灯的桌子前坐了下来，我屏住了呼吸。桌子前方是一扇巨大的窗户，透过它能看到对面演播室里正在直播的谈话节目，其中有几位嘉宾和一位著名的记者，名字我想不起来了。我很紧张，脑子里飘来一些不合时宜的想法，比如给这位记者拍张照片然后发给我父亲，但我克制住了。

"葆拉，别像个小孩子似的。"我的内心摇摆不定，信心时不时畏缩成一团。

"15秒，剪辑结束后，切换到你，你说完之后进广告，好吗？放轻松，之后我会处理。"

卡拉用内线麦克风跟记者快速沟通着，站起来又坐回去，打字，雷厉风行地理顺了几页纸。她的动作让我有些心神不宁。她盯着演播室，从转椅上站起来，用一只手开始比画倒计时，这个动作把她变成了我见过的最有力量的女性：五、四、三、二、一。世界静止了。

我们生活中的一切都如此可预见，我像被催眠了一样，由她的手势开始联想：他出门时会捎上垃圾，路过超市时会记得买水；礼拜天我们可能会去我爸爸家吃饭；我有偏头痛，有可能是上午犯的；我已经不喷香水了，除非和朋友们出去吃晚饭时才会破例；而他拒绝扔掉那双乐福鞋，虽然它明明又笨拙又箍脚，而且穿起来显得很土气。只要是男人基本就会难以抗拒这个穿着破旧牛仔裤和旧皮靴、举起手比手势倒计时的女神。他一定会陷入诱惑的，意料之中。抗拒这样一个女人太不现实了。

她朝我走过来，带我从刚才进来的门出去。我像一条受惊的狗一样跟在她身后，走在录音室外沿的走廊上。昨晚，我仿佛站在道德制高点上一样，对着镜子排练了一番自己对她的控诉，而现在我好像已经用光了昨晚全部的勇气。

这里的视野非常好，城市中永远如影随形的混乱看起来可以轻易被化解。我开始不安地推测，假如我能从另外的角度来看待这一切，事情可能会变得简单得多，但是就目前而言，我心中一团乱麻，无法思考。

我们在一个相对安静的会客区坐了下来。这里只有两把扶手椅、一张摆着当天所有报纸的圆桌和一台煮茶和咖啡的机器。她邀请我喝点儿东西，坐下之前先准备了两杯咖啡。

我趁她背对我的时候观察她的臀部。牛仔裤就像是为她量身定制的一样，与她的臀形贴合得天衣无缝，让人心生妒意，仿佛是树立了美丽的标杆供人欣赏似的。虽然她如此苗条，但她的体形自有一种性感，把她变成一种欲望。我在想毛罗会觉得自己有多幸运。

她坐下来，跷起二郎腿，叹了口气。

"你还好吗？"她用一种受伤的声音问道。

为什么我没有先说话？我呆住了。

"还凑合。你呢？"

她垂下目光看着杯子，用小塑料勺慢慢搅动着咖啡。说话前她先深吸了一口气，伸展身体，好像在肋骨之间撑起了一把伞。

"不好。"

她的回答让我想起我为什么来这里，突然间，关于毛罗的记忆变得比任何时候都更鲜活。我没意识到，我是怀着一种忧心忡忡的母亲担心女儿的心情接近她的，也没意识到自己把手搭在了她的小臂上，直到她看着我的手，让我意识到她不喜欢我这样做，于是我突兀地把手抽了回来。

"你想聊什么？"

我第一次注意到她左眼的抽搐。她的眼皮不自觉地收缩。我觉得她之前可能不会一直这样，可能是毛罗的死造成的创伤。我快速在脑海中复习了中枢神经系统可能出现的神经功能病变。"她不是你的病人，看在上帝的分儿上，葆拉，集中精力！"我拉回我的思绪，但是一时有点儿心不在焉。

"你说什么？"我紧张地问道。

"我是说，你为什么想见我？你需要我做什么？"

我仔细思考了一下她的话。对。我有需求。然后我说了出来。

"我想知道，这一切是从什么时候开始的？"

她叹了口气，啜了一小口咖啡。

"一切都是从这里开始的。"她扬头示意了一下她工作的地方，"毛罗和他的同事纳乔陪一个他们正在推广的女作家来的。"

"那个俄罗斯人？"

她点点头。我记得那个俄罗斯女作家，也记得毛罗他们忙着为那本书做营销的那段日子，那时他沉迷于工作，几乎不着家。

"我读过那本书，很喜欢。一般我不会去找嘉宾签名的，但当时我觉得跟她聊聊天、让她给我签上'给卡拉'也不赖……"她停顿了一下，把披散着的头发拢到背后，然后都搭到一边的肩膀上，"因为我会说俄语。"

她还会说俄语。不能更完美了。尽管她发不好大舌音，但毛罗肯定当场就为她倾倒了。

我在心里一页一页翻着日历，试着回忆这一切是从何时发生的，毛罗是什么时候从印刷厂带回了那个俄罗斯作家的样书，当时他高兴得像一个穿上了新鞋的孩子，让我有些迷惑。再过漫长的一周，那场车祸就过去一整年了，过去的时间变得难以计量。我不再通过几个月、几个星期和几天来计算时间，现在我对时间的衡量是简单的二元论，"之前"和"之后"。我躲在我的珊瑚屏障后面寻求庇护。之前发生的一切看起来如此遥远，仿佛是发生在别人身上的。时间变得模糊不清，就像水彩画上的一滴水渍。

她注意到我的沉默，但她没有试图打断我。

"他从一开始就告诉你他有伴侣了吗？"

我努力一字一句地问了出来。

"我猜他有，因为他没问过我有关私生活的问题。"

"这是他典型的回避问题的方式。"我这样想，讽刺地笑了起来。

"我从来没有要求他离开你，但他似乎已经考虑得非常清楚了……"

她的目光迷失在巴塞罗那没有尽头的城市剪影中，对角线大街在那里，我想用力摇晃她，让她吐露出所有细节。

"你想说什么？"我假装平静地追问。

"就是，他立刻决定直接举行婚礼，那个时候他才告诉我他要先向你坦白，从家里搬出来，并且确保你一切都好。"

我的五脏六腑都在翻腾。我的胃在灼烧，仿佛被人打了一拳。我能从手机里保存的那些对话中窥探到些许，但我没想到他们已经走了那么远。"婚礼"这个词在眉心给了我迎面一击，让我头痛，我知道它还会转化成一种伴随恶心的剧烈疼痛，除非我吃止疼药才会停止。我怀着恐惧扫了一眼她的双手，没看到婚戒。

"你们结婚了吗？"我用微弱的声音问。

"没有。我们没来得及。"

她情绪有些激动，用双手捂住脸。

"我很抱歉。"我低声说，但是我说谎了，我一点儿都不觉得惋惜。

"我们的婚礼原本定在半年之后，在圣玛丽亚德玛尔举行。"

她停顿了一下，调整呼吸，然后继续望着无尽的天际线。一场婚礼。他想结婚，说不定还想得到我没有给他的孩子。她的眼睛湿润了，一滴眼泪像无脊椎动物一样缓慢移动，滑下她的脸颊。她的腮头被暖气烘得微微发红，这抹腮红上应该曾布满了他秘密的吻，然后过段时间就会变成公开的、被允许的、平淡的吻。多年来我承受的日常压力化作一个美丽又悲伤的年轻女人。"你看到了，葆拉。她有多大年龄呢，二十六岁？二十七岁？往多了说，三十岁？"她的眼神很纯净，生育能力还在上升期。

"你多大了？"

"你说什么？"她看起来很惊讶，又像受到了冒犯。她拨弄着脖子上那条精致金链子上的球形吊坠。

"你今年多大了？你明显比我年轻很多。"我直截了当地说。

"二十九岁。"她目不转睛地望着我，一副挑衅的模样。

"你猜对了，葆拉。"他需要一个功能完好的卵巢。

"他经常说起你，跟我讲过许多关于你工作的事。"

"他不是经常说起我，"我心里想，"他是经常说起我的工作。"

"哦，是吗？"

我尽量表现得和善，但是我很难跟她聊得投机。我的心思还停留在婚礼这件事上。

"我给你带来了几样我在家里找到的东西。我觉得应该由你来保管，何况对我来说……它们对我来说是障碍，看到它们我会难过。你走的时候我拿给你。"

"什么东西？"我问，心里想着痛苦和障碍。她的障碍能有多大，她对我来说就是一个新的障碍，然而我作为她的障碍时间更久。

"他来我这里过夜时带的包。"她瞄准垃圾桶，把装咖啡的纸杯扔了进去，语气开始变得生动起来。"就是……我不知道，有几件衣服、牙刷、一份手稿，啊，对了，还有一个装着干叶子的小袋子。"她用一种无关紧要的语气列举着。

"一个什么？"我问道。

"用来泡水喝的，你知道的。"

这一刻我的心脏都要裂开了。

我们两个都笑了。有个瞬间，药草极为短暂地把我们两个人连接在了一起。毛罗种了很多有香味的植物，并用它们泡水喝。他把晒干的叶子装进一个个透明的袋子，贴上标签："蜜蜂花""薄荷""百里香""母菊"。我简直能听到他对我说："帮我挪一下这个花盆，葆拉。百里香喜阴，这里阳光太强烈了。我们把它摆到那个墙角吧。"我笑着阻止他："毛罗，邻居们很快就要投诉我们了。这里马上就会冒出来亚马孙雨林中才有的动物了，你不觉得吗？"而他会用沾满泥土的手背蹭蹭鼻子，笑着说："快来，别说话了，把它拖到那边去。"

情绪在我心中翻涌，但我控制住了自己。

我在计算他们两个在一起的生活所占的百分比，留存在手机里的生活，我把没有保存在手机里的部分也算了进去。我得出的数字和我遭受的痛苦成正比，痛苦像一个意想不到的耳光一样落到我脸上。我不理解几片干叶子能给她造成什么样的障碍。不愿意保留它们真是太愚蠢了。

"你可以想一下，"她稍稍耸了下肩膀，补充说，"他的家人根本不认识我。我没想办得那么匆忙，但是他总是说没必要等到圣玛利亚德尔玛，我们可以自己把婚结了，谁也不用通知。"

然后我想起了他的家人希望我继承的钱、床单、波希米亚风格的水晶高脚杯，我意识到毛罗并不知道要如何面对他妈妈，获得她权威的结婚许可。他性格中有种伪装成安逸的懦弱成分，使他无法积攒足够的狡猾，让卡拉融入他的家庭氛围中，向他们宣布我已经不再和他在一起了。不管怎么说，卡拉只是处于所有恋情初始阶段都有的那种单纯的痴恋。甜蜜而强大。如果他死得稍晚一点儿，死在圣玛利亚德尔玛的钟声还在他脑海中回响的时候，她的手指上就会戴上一枚戒指，她就会成为他的寡妇。

我朝出口走去，演播室里的嘉宾们还在笑着侃侃而谈。看着他们，仿佛我们两个来自某个很遥远的地方，并且在那里度过了很长时间。我们大概聊了太久，久到嘉宾们欢快而嘈杂的说笑声变得像是一种侮辱；久到让我领悟到，爱情的火焰熄灭后，总会有些悲伤且不值得重视的事情发生，但它们和死亡带来的毁灭性溃败比起来实在太微乎其微。我们以为我们用仪式、服丧、各种符号和颜色驯服了死亡，可死亡是野蛮而自由的。死亡才是统治者，它总在支配生命，而不是生命支配死亡。

卡拉把毛罗的包拿给我，非常沉，因为里面有一份手稿。

"哎呀，沉得像个死人似的！"

我的声音让我震惊。我害怕承认，但我的声音听上去既干净又真诚，是被治愈的声音，好像我突然满足了所有痊愈出院的条件。

告别的时候，我们互相在脸上留下两个像干辣椒一样干巴巴的吻。她闻起来有红醋栗的味道，像个准备好为了爱情撼动天地的完美主义者。转身离开之前，我对她抽时间见我表示感谢。她把双手插进牛仔裤的口袋里，挺直身体，看上去好像长高了一些。她露出一个苦笑，我猜这个笑容是想告诉我"别客气"。毛罗已经不在了，保持我们的情敌关系是我们让他继续存在的方法。作为永恒的情敌，这无疑会是我们巨大的成功。

18

"肺透明膜^①。皮莉，我们得给他补充肺表面活性物质。请你检查一下患儿母亲的病历，我需要确认她有没有接受过糖皮质激素的治疗。"

外面的雨越下越大。乌漆漆的夜幕中，哗啦啦的雨声掺杂着医疗设备发出的嘀嘀声。我查看了我休假期间出生的孩子的情况。有两个新来的婴儿，其中一个孩子，假如我们能让他的肺部发育成熟，他将没有任何后遗症地生活下去。我对他很有信心，因为他小手的每次挥动都蕴含着一丁点儿力量，预示了他的好运气。另一个婴儿是一个二十七周胎龄的女婴，她被母亲遗弃了，等待领养。她患的是坏死性小肠结肠炎^②，需要做手术。我们看不到她有好转的迹象，目前她还昏迷着，而且经常出血。科里的任何一位医生都不愿下那个该死的结论："我们已经尽力了。"但是任何治疗手段在她身上都没能奏效，我们已经无力回天，这只是时间问题了。给她做检查的

① 新生儿肺透明膜病，即新生儿呼吸窘迫综合征，表现为出生后不久即出现进行性呼吸困难和呼吸衰竭，成活率很低。
② 一种获得性疾病，主要在早产儿或患病的新生儿中发生，特征为黏膜甚至肠深层坏死。

时候，我不敢看她的小脸，不敢看她那双仍未聚焦的双眼，不敢让她知道不会有别人来跟她道别了。皮莉叹了口气，叹气声就像发令枪响，开了个头儿，让大家的无助感纷纷涌了上来。几个小时以来，在每个人的嗓音中、洞洞鞋的鞋底上、沉重的步伐里，还有走到暖箱旁会放慢的脚步中都饱含着这种无助。她躺在暖箱里，极度平静地等待着不可避免的结局。

"你几点吃晚饭？我准备走了。"

"我不饿，我想和她待在一起。你走吧，不用管我。一会儿我去喝杯咖啡。"

"你想让我留下陪你吗？"

我用目光恳求她留下来，她马上领会了我的意思。直觉是一位穿着白大褂的护士，她卷起袖子，洗手、洗手臂，一直洗到胳膊肘，同时还能解读出我的颌关节透露出的紧绷感。

什么都不需要说。我们打开了暖箱，皮莉托起她的小脑袋。触碰她之前，我先用力地把冰凉的双手搓热。要是能这样把心焐热、把胃焐热，要是能这样把灵魂焐热就好了……我攥住她的两只小脚丫，用食指抚摩她的两个手掌，它们就像放在天蓝色暖箱中的两颗剪纸小星星，我查看她没有被管子覆盖住的每一寸潮湿皮肤。我想起了整骨大夫，想起那天他说假如他有了孩子，会以所有皮肤小体的名字给他们命名，这让我哈哈大笑。梅斯纳、帕西尼、鲁菲尼和克劳泽。[①]埃里克和触觉，他提到如何提升催产素水平，提到他在研

---

① 均为皮肤小体的名称。

究中加入的与感官神经支配相关的术语，提到触觉是体感系统的子模式……在他解释的时候，我突然明白，对触觉的研究比他说的那些都简单——肌肤相贴、握手、抚摩、表达爱意就足以让一个800克的小人儿或者一个不到50千克的妇女感到自己不那么脆弱。

我们很快撤掉了维持她生命的设备，只保留了镇痛，不过我们把她放在暖箱里，又抚摩了一会儿，我们的双手和手臂都被包裹在暖箱的热度里。

"我要把她抱出来了。"皮莉说。

我看了看她，同意了。本应由我来做这个决定，但这里就我们两个，诊断已经做完并且通过了。皮莉有种与生俱来的第六感，我们对于刚才我们共同做出的无言决定感到满意：我们要陪着这个孤独的小生命，她的生命之火正在随着每次脉搏的跳动逐渐熄灭，我们将是她在这三天中所认识的有限的世界的组成部分。我们留在这里，成为她极短暂生命中的一部分。我们不会让她孤单一人的。我、皮莉，还有另一位助理医师轮流把她抱在怀里，每半小时轮换一次。清晨的时候，我发现她脸上有泪痕，是我的眼泪。我突然哭了起来。我们沉默着各自工作，那个助理医师递给我几块医用纱布，让我擦眼泪，问我需不需要喝水或者别的什么。我决心许下一个不可能实现的愿望，我要治好她，要让毛罗复活，然后告诉他有时候世事有多么不公平，我多希望一切能重新开始。然而我只是小声说了"谢谢"，然后摇摇头。

整个病房充斥着一种奇怪的氛围。天花板上的灯光照得屋子里暖烘烘的，营造出一种虚假的平和。甜美而纯真的新生儿还不会表达，我们不得不打起十二分的精神应对。有种风雨欲来的征兆，而我们只能垂头丧气地等待它的到来。

所有人都在医院的齿轮中各司其职：墙上的钟表指针在冷漠地走着；护士们像离弦的箭一样冲向每个需要她们的角落；医生们下医嘱，其中有些比其他的更关键；女清洁工们疲倦地微笑着，眼睛下方是重重的眼袋；有个男子已经在沙发上躺了一个半小时，胸口抱着一个小婴儿，两人肌肤相贴；雨一直没有停；躺在特别看护室的马哈维尔终于安静地睡着了；生命在每分每秒中前行，而死神无须搞鬼就能从走廊和电梯中追赶上它。

给她撤掉静脉注射的时候，紧张感不断攀升，过了一会儿，皮莉把她递给我，空气中弥漫着一种充满悲情和敬意的寂静。我的怀抱将是她最后停留的地方。死神肆无忌惮地与我争夺她，不过这一回我及时赶到了，我感觉这一局我赢了。"我在这里。我在你身边。"

所有在场的人都拥抱在一起。有人叹息，有人低声咒骂。监视器的警报声有种节奏，只是提醒我们一切还在继续。哔——哔——重症监护室里，这种持续的声响具有镇定功效。人满为患的产房；交通拥堵又寒冷的冬天；坏消息、好消息和毫无意义的消息；地铁和天空中的飞机；钢琴的琴键在我父亲的手指下轻轻奏响，旋律化为倾诉的话语；一位先生在教堂祷告，把全部希望寄托于木匠雕刻出的一尊耶稣像；咖啡机发出的嗡嗡声；妈妈留在黑白照片上的笑容。拉开的百叶窗、厨房里的炉子、淋浴花洒喷出冰冷的水柱。有人在远方歌唱，大海、森林。自动提款机吐出钞票；笼子里面躁动不安的老鼠；云朵被风推着走，变幻着我们定义出的形状。年迈的纺纱工、带着法国斗牛犬遛弯的男士、一个酸面团激活了另一个酸面团里微生物的代谢、装载货物的船舶到港后再次起航。还有那些植物。植物在生长，它们的根须在地下的平行世界中蔓延。

片刻之前我们还是拧成一股的麻绳，现在我们四散开来，重新像勤劳的昆虫一样忙碌起来。我们做检查、监控病人的状态、办理手续。我们思考，我们遗忘。我朝值班室跑去，更确切地说，是逃向那里。我不知道我在那里待了多长时间，但是一直没人来找我，直到几分钟前皮莉摸黑走了进来。

"葆拉？"

她没有开灯，但是拉开了不透光的窗帘，日光羞怯地照进来。我知道她看到我的脸了，但是她什么都没说，而是在我旁边的地板上坐了下来。她俯身的时候，僵硬的身体让她连连抽气。

"今天你来我家怎么样？我的女儿们要回来吃饭，桑德拉会把小孩也带来。我们正在准备婚礼的衣服，我快受不了她俩了。你正好可以认识一下她们。"

我们靠墙坐着，我环抱膝盖，皮莉把两条健壮的腿伸直，摊在冰凉的地板上。白丝袜的滚边露在洞洞鞋外面非常显眼，从视觉上缩短了制服裤子下面腿的长度。这让我想起妈妈总是在复活节给我买的那种白丝袜，而我总是搭配春夏的单鞋穿。后来就变成由我一次次提醒爸爸天气热了，我需要新单鞋和新丝袜。在他那充满旋律和鸟类的世界里，小女孩们可能是赤脚行走的。记忆所选择的时间碎片在当时看来都是中性的，而当这些片段发生的时候，当我们试穿一双新丝袜的时候，我们意识不到我们正在创造一段关于妈妈的独一无二的回忆，意识不到我们很快就会失去她。有些袜子可以是非同寻常的。在一切轰然倒塌的那天，有些袜子就成了妈妈一般的慰藉。

这么多年来，这是我头一次看见皮莉坐在地板上，仿佛这个与她格格不入的姿势让她卸掉了在医院工作时的伪装，只留下那个尽管值了一夜班，但还是会给女儿和孙子们准备好饭菜的女人。她身上总是散发着加勒比地区水果味道的洗发香波的气息和柔顺剂的味道。当她靠近的时候，她散发出的味道最接近妈妈。我听得见她在我耳畔的呼吸声。我们都精疲力竭了。我第一次因为患者去世而哭泣发生在我做实习医生的第一年。桑蒂告诫我保持镇定，不要带入个人感情，否则我成不了一名优秀的新生儿科医生。

"当新生儿情况危急的时候，学会尽全力挽救和放弃挽救一样重要。学会救活他们和学会放手让他们离去同样重要。"我平静了下来。

我知道，今天的哭声中躲藏着一个小女孩。她坐在教室里，黑板上的板书阐释了动物王国的分类，钢铁般的重担再次落到小女孩身上，它的重量是那些没有失去过亲人、在另一侧岁月静好地活着的人无法估量的。巨大的悲伤、愤怒和痛苦终将使得地动山摇。地底深处生长出带着尖刺的高墙，于黑暗处飞出的乌鸦在围墙入口上空盘旋，不许任何人靠近。"这是你的痛苦，它只属于你。接受吧。一次哭个够吧。你愿意的话，甚至可以把心脏挠出道道血痕。不会有人理解你的，在痛苦的黑洞里不需要理解。拿去吧。它是你的，只属于你，它是你不曾体会过的极致痛苦。它不可转让。你不要试图让别人分担，你会把它变成玩笑话的。虚无、缺失、怀恋，它们会转化成一个无尽的空洞。尽管这一侧的我们所有人心中都有一个这样的洞，但你不可能找到两个一模一样的。每个见证者都遭受着他独一无二的痛苦，以他独一无二的方式在其中求生。一个新地方。欢迎。在另一侧，人们不把它称为虚无，也看不到乌鸦。在另一侧，人们搜寻约定俗成的句子，就像我之前搜肠刮肚寻找措辞，试图点亮那些绝望的父母的脸庞一样。我告诉他们，随着时间流逝他们会走出来的，现在他们需要坚强一些，向前看。我对那种虚无有什么了解呢？一无所知。我无法预见乌鸦在每个父亲、母亲、每颗破碎的心入口处的虎视眈眈。哭吧，葆拉。你救不了毛罗的。你现在需要学会放手，让他离去。"

皮莉没有碰我也没有拥抱我，她的两只手塞在白大褂口袋里。她不看我，一边说话一边盯着墙，现在又把目光投向另一堵墙，仿佛心不在焉，不想把全部心思都放在说话声中。她很了解我，知道我能接受多近的身体距离。

"我前两天做了一锅炒酱^①，如果你愿意的话，待会儿我们出去的时候买点儿鱼。你把车停到市场对面，在外面等我，我一会儿就出来，这个时间市场里没什么人了。"

我没有回答。我用毛衣袖子蹭掉鼻涕和眼泪，试着去想象那种日常的场景。我在车里，心情平静。一个市场。我喜欢这种日常时刻，就像是在我们刚经历的这场战役中按下了暂停键。我望着她。我想跟她说，我最后一次去市场的时候，明明已经在鱼摊排了十分钟的队，最后却突然转身匆匆离开了，只因为我没法继续忍受周围的人聊到家庭聚餐的菜单。我当时只想买一份鳕鱼排，一份可笑的一个人吃的分量，却不得不吞下那些完整的家庭、为天使般的小孩子剔除的鱼刺、甜腻而又亲密无间的情侣、由第一人称复数参与的充满阳光的周末。"我们"要吃鱼，"我们"会召集一群人围坐在桌子旁，"我们"的关系会变得更紧密团结。但是我没对她说，因为我没有力气让她明白那种细微的区别。

"我说，既然你什么话都不说，那我就说了：你来我家吃饭，就这么定了，葆拉。现在你站起来，去洗把脸，擤擤鼻涕，你现在脏兮兮的，我的孩子。来吧，我十分钟就能换好衣服。我们坐你的车走。停车场见。"

她和几分钟前坐下来时一样，缓慢地撑起生锈的身体，我握住她那温暖粗壮的手，就像不愿让她离开一样。我知道一旦我触碰到她就会这样，她真实的触感会让我想到妈妈，那种女性充满保护力

---

① 西班牙语名为Sofrito，用少量油将洋葱碎、大蒜、辣椒等炒制的酱料。

量的触感。新生儿时期的触摸会影响婴儿成年后的行为表达。假如没有令人舒适的触摸，婴儿就无法得到全面的身心发育。因此，在孩子刚出生的时候对其进行充分抚摩很有必要，这样等他们成长为肩负责任的成年人时，才知道该怎样与别人交往。我触碰皮莉的手，就好像那是我可以拥抱的最后的支柱。

"我会买些甜品。我们应得的。"

"这才是我的葆拉。"

只需要一个物主形容词，你就属于别人了。

坐在餐桌旁的我感到自己焕然一新，有这么多事情分散我的注意力，让我忘掉了自己。皮莉的两个女儿，桑德拉和拉菇一脸欢快地拥抱我。"我们认识你简直已经有一辈子那么久了，妈妈总是跟我们说起你！"那团阴影赶忙对我悄声嘀咕，说皮莉肯定把我的悲惨遭遇讲给她们听了，但很快就有一个一脸困倦的小孩子在地上爬了过来，吸引了所有人的注意。他是皮莉小女儿桑德拉的儿子，桑德拉两周后就要跟孩子的爸爸结婚了，孩子出生前他们曾分开过。皮莉端菜的时候就像在传授人生课程，让我学到了什么是大写的爱。爱和大家交织在一起的说话声有关，和皮莉精确地了解每个人的餐盘需要多少食物有关，和传递面包篮的方式有关，和衬着绣有圆点的白布的面包篮有关，也和一场即将到来的婚礼之前的喜悦与疲倦有关：与名单有关，与打电话邀请客人有关，也与姨妈们坚持让皮莉去取她们亲手制作的男士胸花有关。和一位母亲寄托在女儿身上的期望有关，和姐妹俩在一次无心的口角中的互相理解有关。她们争论着要不要把钥匙放在理发店，这样之后就不需要特意回来取了，然后皮莉用一句"够了，别吵了，你们已经是大人了。把钥匙留给我，让你爸爸带着，你看多简单"化解了争执。富有启示性的话语在我心里回荡着。"葆拉，你看多简单，你看真爱就这么简单。"

我们在祝福声、客套话的嘈杂声中互相道别。我走到大街上，把这幸福又普通的一家人留在身后，他们的生命中没有经受过太大的痛苦。我不知道我在哪里，我不认识这个街区，而且很难找到来时停车的那个停车场。公共汽车释放着噪声，橱窗里挂着打折标语，积着雨水的水洼反射出开阔的天空，一条眼睛突出的瘦弱的狗在我经过的时候冲我狂吠，道旁悬挂着音乐节的宣传路旗，最后我终于找到了停车场的标志。我突然停下脚步，想留住刚才在皮莉家感受到的那种亲昵氛围。我感到自己迫切地需要打一通电话。

"嗨，爸爸。是我……不，没什么，都挺好的，别担心。我想跟你说什么来着，今天下午你有事吗？"

今天是我的生日。

我四十三岁了。

变得和你一样大了。

这是我遇到过的最诡异的事情。

他们让我吹蛋糕上的蜡烛时，我好像聋了一样，耳朵就像是被堵上了。如果插的是四十三根单独的蜡烛，或许感觉会不一样，但是毛罗，莉迪亚买的蜡烛是一个数字"4"和一个数字"3"，红色的，个头很大，那么显眼，没办法假装看不到。我的腿有点儿发软。你永远停留在四十三岁，一想到这点我就浑身发抖。

派对现场声音很嘈杂，你知道的。你可以想象一下莉迪亚张罗的惊喜派对是什么样的。瓦妮莎和马尔塔也来了。再过两周她们的实习期就结束了，我已经开始想念她们了。她们已经成了我们部门的开心果，她们的疯疯癫癫和张扬的笑声感染了我，给我如此不幸的一年带来了生机。我余生都会对她们心怀感激。

我的头还在疼。我的公寓像是经历了一场灾难。地板上到处都是五颜六色的碎纸屑和黏糊糊的污渍。我很抱歉地告诉你，你要是看到大家是如何坐在沙发上推杯换盏的，你大概会非常焦躁，幸好沙发已经不属于你了。还有，你不知道吧，自从你不在了之后，这些人像兔子一样不停生孩子，走到哪儿都带着孩子，让我无法理解。我只能告诉你，孩子们喜欢巧克力，不过没关系，毛罗。现在我要把屋子弄脏了，要让它充满噪声，让洗手间被占用，然后晚些时候再发现马桶被一团卫生纸堵住。现在我要紧紧抓住无论谁给予的关心，不管是来自朋友或者邻居的关怀，还是停车场门卫看到我时露出的微笑。我要吹灭蜡烛，然后许一个与你无关的生日愿望，我不再不切实际地希望你能回来。

这一回谁也没有送我书籍或者植物，我得到了一堆充满春天气息的衣服和一顶草帽。我把草帽戴到脑袋上，感觉难堪得要命，纳乔却说我容光焕发，说我最近一直光彩照人。我知道他在夸大其词，但是我没有反驳，而是吻了一下他的脸颊。吻他有点儿像吻你。他身上保存着很多你的东西，而你身上保存着很多我的东西。

我一直在等待门铃声响起，你会从绿油油的叶片后面冒出来。我让你进屋，然后跟大家说："你们看谁来了！"之后我不再等待，开始投入地享受大家为我庆生的快乐。我看到莉迪亚的小女儿马蒂娜站在我们的房间里，她梳着两条小辫，发辫之间有一道明显的分缝。她以一种小大人儿特有的审视目光望着我。

"毛罗在哪里？"

我们专注地对视着，仿佛两个人都意识到了问题的严重性。背景音是大伙的哈哈大笑和生活中的八卦。我歪歪脑袋，示意了一下床头柜上那张照片，我们在圣胡安的露天舞会上拍的，而如今那张床属于我了。她用一种愉悦的神情又看了我一眼，然后就沿着走廊一蹦一跳地跑掉了。我们给她解释了好多次你已经去世了，但她还是会时不时地问起你。过些年我会慢慢变老，身高会缩短一两厘米，头发变白，脸上爬满皱纹，不过在露天舞会的那张照片上，我俩会一直在一起，我是过去时，而你是现在时。我会变得和马蒂娜一样，有些不确定因素为质疑提供了空间，允许我们对事实半信半疑。我宁愿天天问别人你在哪里，就像一种鲜有人能理解的自信。

今天我四十三岁了。我追上了你，但我依然不理解这是如何发生的。

之后

托马斯在露台上脱掉鞋子，我不明白他为什么要这样做。他整天都光着脚，脚底板脏得不行，脚后跟都皲裂了。但我什么都没对他说。这里马上就要成为他的家了，他想在这里怎么溜达都可以。现在是4月，他已经穿上了齐膝的短裤，让人回想起他对这座城市来说曾是一名游客。我们已经忙活了几个小时。我们从苗圃满载而归，从车里往家里搬了三趟，才把买来的所有植物、花盆、通用土、玫瑰专用土，还有山茶花和杜鹃花用的栗色土搬完。我们怀着踏上最终旅程的心情采购了这些东西，并对这项大工程充满了期待。在翻阅毛罗的便笺本时，我发现了第一版露台设计图的草稿。苗圃的售货员为我们逐一讲解，帮助我们完成了这项伟大的采购任务。草图旁边是一列大致的清单，列举了初期需要栽种的植物名称。毛罗在逐步完善这张清单，直到把它变成自己的传记。

　　我把车留给了托马斯，他中午开车来医院接我，因为他跟我打包票说我们会路过那个苗圃。他顺理成章地来晚了，接着我们毫无悬念地在巴塞罗那和卡斯特利德费尔斯之间的某个地方迷路了。我没有对他发火，恰恰相反，当我们第三次从里维埃拉前面经过时，我难以抑制地哈哈大笑起来。和朋友一起开车走在路上很容易大笑，更何况我想起了这个早上发生的事情。11点14分，我在马哈维尔的出院通知书上签了字。

　　我抬起头，看到一片浓艳的色彩，是马哈维尔的父母抱着他走了进来。马哈维尔的母亲直到孩子出院，才特意穿上一件刺绣精美的鲜艳纱丽，裹在马哈维尔身上的丝绸服装也非常明丽。几个月来我总是在马哈维尔那双会笑的黑眼睛中探寻，直到找出他病情的关键问题。他们一家人脸上洋溢的感激与欣喜传导给了在场的所有医护人员。孩子母亲送给我们许多茉莉花，女医生和护士们都把花插在了头发上。她还给我们带了头天晚上做好的炸豆饼，一种咸味的小点心，我几口吞了下去，心中充满对生命的赞美。很久之前，马哈维尔只有手掌大小、还在艰难求生的时候，他爸爸就告诉过我，马哈维尔是"英雄"的意思。从现在起，我会建议所有等待孩子降临的父母为孩子起一个适合的名字，要努力思考、努力期盼，直到找到一个能为腹中小生命赋予意义的名字为止。大家纷纷祝贺他们，然后我看着孩子爸爸推着在婴儿车里沉睡的小英雄逐渐远去，迈向世界；瘦小的妈妈因为喜悦而光彩照人，她转过身，双手合十，最后一次低声说道：

"Namasté①，希德大夫。"

"Namasté."我回答道。回忆涌入心间。

我哽咽了。

2月的那个星期三，我第一次知道马哈维尔的存在。那时他还是母体中的胎儿，产科和新生儿科的全体同事已经在细致地研究他的情况，好确定是否需要让产妇提前住院，以应对高危妊娠。我一边认真开会，一边频繁地看时间，因为我和毛罗约好一起吃午饭，我感到强烈且无法抑制的紧张。我戴了他特别喜欢的那副耳环。前一天晚上我已经做了决定，想在午餐的时候向他宣布，我甚至不确定

---

① Namasté是印度人常用的问候语，梵语原义为"向你鞠躬致意"。

我能不能等到上甜点再开口。上个星期六，在超市的饼干货架旁，我第一次，也是唯一一次萌生了生育的念头。当时毛罗在寻找含有有机芝麻的食品，有个三四岁的小男孩站在他身旁，伸手去够货架顶上的一袋东西。毛罗摸摸他的头发，然后把他举起来，让他能够得着。那个瞬间就足够了。仅仅一个动作而已。我什么都没说。如果我反复权衡利弊，这个念头可能就见鬼去了，而我要是把想法写下来可能就会更糟，所以我克制着不去多想。那天晚上毛罗不在，我决定第二天对他说，虽然时机可能有点儿晚，虽然可能有点儿风险，虽然我还没有完全决定，不过如果他这么多年都没改变初衷，并且愿意和我共同抚养的话，那么我愿意，我们可以试着要一个孩子。我想告诉他我一定是疯了，我像发烧了一样在胡言乱语，但是希望他别让我后悔我的冲动，我想不出任何别的办法来改善我们之间的关系，因为我们还不知道问题出在哪儿。我想告诉他，我有能力解决这个问题，我们两个人会好好的。我已经默默打好了腹稿。毛罗，要一个孩子一定是件任性的事，一个心愿，几乎就是这样。是时候了。我从海滩旁的马丽娜大街停车场走出来，昂首挺胸地往前走，每一步都在嘀咕："愿望、任性，愿望、任性，愿望、任性。"我在变红的信号灯前停下来，然后重新开始行进。"愿望、任性，愿望、任性。"毛罗已经在餐厅里等我了，他是骑自行车去的。他好像在酝酿什么，看到我时露出一个别扭的笑容，让我忘掉了打好的腹稿。我的心情顿时变糟了，感到灰心。他迎接我的表情令人扫兴，面对这样一张脸我什么都说不出来。我心里想着，或者等到晚上再说，然后我想起了几个小时前我们在医院里反复研究的马哈维尔的超声影像。让他来到这个世界上是否符合伦理？假如愿望和任性可能突然变卦，让别的孩子降生是否符合伦理？最后窗外的大海用它翻滚的波浪冲刷掉了我翻天覆地的思绪，我听见毛罗在很远的地方说着无关紧要的事情，说到他读的一本书、他去拜访的一位分销商，说坐铁路交通出门就是一场灾难，害他迟到了半小时。他的说话声中带着一种凝结的沉重感，每个句子都很简短，仿佛正在路上撒着面包屑，以防把准备好的炸药桶抛出去之后会迷失方向，找不到回去的路。结果没等到上甜点，他就把它丢了出来。炸弹就是炸弹，一颗没头没脑的炸弹是无法做到精准打击的。它产生的冲击波夷平了一切，包括毛罗自己的生命。

几个月之后，我的伤口依然没有愈合，心依然是碎片，在产房里，他们把马哈维尔放进我手中，我灰暗的生命中终于出现了一抹光亮。我估算了这位小英雄的体重，为他插管，采取急救措施让他存活，与此同时我领悟到，我的任性和愿望将会永远止步于拯救这些不属于我的小生命。

离开需要一种仪式，它能把终点转化为新的起点。这个早晨马哈维尔已经完成了他的仪式，我也该完成我的了。

我们做好了栽种植物的全部准备工作，托马斯背对着我，双手叉腰，不知从何处着手，他的背影让我陷入回忆。面对满地蓬松而潮湿的深棕色土壤，他抽完了一支烟。看着这片混乱景象，我觉得非常茫然。我感觉我们好像要亵渎一座坟墓。但是接下来托马斯说话了，我紧紧地依附于他的镇定。

"我们得把竹子拔掉，它是入侵物种。"

我用手套拍了一下他的大腿。

"我说，帅哥，你的确是入侵物种。竹子得留在这里。"

他大笑起来，啜了一口啤酒，而我在玩笑话中寻求庇护。我隐约意识到生活即将发生改变，尽管我不知道具体会是什么样的改变。我有种假期即将耗尽的感觉，此时的村庄逐渐失去了夏天涌入的人气。巨大的改变总是与细微的费解之处相伴，之后这种感觉就像花粉一样四散消失了。我们又在露台上待了很久，给土施肥，把一株株植物摆在分配给它们的位置前方，然后，我就像讨厌它们似的，突然开始执着地拔除属于毛罗的所有死掉的植物，再然后，我精疲力竭，发出一声古怪的叫喊，充满成就感和痛苦。我拍打胳膊上的泥土，然后把手放在额头上。我觉得自己非常强大，强大到可以和巨人搏斗。

我们暂停了一下。如果今天没做完的话，我们会在周末完成工作。我感到脖子僵硬，胳膊酸痛。这间公寓里还有许多事要做，比如打扫卫生，打包物品，把水、电、煤气的账户从我名下变更到托马斯名下；跟搬家公司打交道，重新安家落户；跟房东谈一谈，带走那个侏罗纪时代的自动答录机，里面有爸爸的录音。还有一些其他的事情，比如穿衣、吃饭或者最后好好看一看这个房间。如今这里空荡荡的，没有了我们，只剩下古老的木地板，我们住在这里时踩得小心翼翼；还有漆成白色的旧暖气片，冬天的夜晚我们会把屁股靠在暖气上，一边取暖一边聊白天各自做了什么，毛罗通常会细致地修剪指甲，而我会用卸妆棉擦去眼睛上的睫毛膏。"我们"是由所有那些时刻构成的。我们曾经用各种琐碎的声音填满这个家，现在它们还在空空的屋子里回荡，把我们之间对话的边界锁定在日复一日的平凡之中。记忆可以延伸，还能被轻易修改，你可以剪掉多余的部分，换一个背景，沾染这个时代的坏习惯，反复修饰记忆，用各种滤镜来美化，制造一个更美好的过往，仿佛只有这样才能让你有勇气面对现实。其实没必要这么刻意矫饰，因为不会有人走进我们的孤独里，来提醒我们阴影并不存在于那个角落，一切都是自欺欺人。

托马斯一点儿一点儿让自己融入房子的节奏中；我不停地给没按时出现的运输工人打电话，还要接听父亲打来的电话，他坚持让我住到他家，直到我的新公寓彻底收拾妥当。太多电话让我心生焦虑，好在他平和的心绪看上去没被我的焦灼打乱。他把他的老式唱片机搬下来了，现在它被摆在餐厅最显眼的位置。门口时不时会冒出几张黑胶唱片，然后他会慢慢把它们摆回原来的那个架子上，只是现在架子摆在低一层的位置。唱片是优先按照字母顺序排列的，我提醒他抽油烟机坏了，想要启动它得先按左数第二个按钮，但他觉得无所谓。

"数乌鸦乐团、鲍勃·迪伦、本·哈珀、佛利伍麦克合唱团。"

他列举着这些名字，浓烈而粗糙的纽约口音让他始终保持着一种异国都市风情。

"最重要的是别忘了星期三会有人来修理热水器！"我从阳台上冲他喊。

"卢·里德、奥斯卡·彼得森、汤姆·派蒂、史提夫·汪达。葆拉，你必须得听听这首！"

我不知道该怎么形容这首歌。我听到一个低沉沙哑的女性嗓音，现场版的。播放的音量很高，观众的呐喊声与她的歌声应和着，填满了所有房间。我弯下腰，抚摩新来的植物娇嫩的叶片。

"我敢打包票，你会和他相处得很愉快的。"我低声对它说，然后直起身子，感觉喉咙哽住了。我看了看四周，对所有刚买来的植物说："你们会在这里过得很好的。活一回挺值得，虽然有时候会很辛苦，我不能骗你们说很轻松，但我保证活着是值得的。"

"这张唱片是1966年录制的！你不觉得这很神奇吗？ ^①"

唱片中怀旧的声线飘了过来，在空荡荡的角落间流淌，我嫉妒他能拥有简单的快乐和对音乐的爱恋。我因他的单纯而微笑。

我们的家一直在等你，毛罗。房门和窗户都在专注地注视着我，悄悄关注着我的一举一动，或许它们坚信我能把你找回来。如果我打开厨房的橱柜，那些玻璃杯、餐具和高脚杯都在与我对质，带着一种令人费解的不恭向我打听你的消息。还有你死之后待遇一落千丈的露台，它为你哭泣，它怀念你。没有捷径可以避免你所爱之人的逝去所带来的痛苦。没有捷径可言。尽管如此，我们还是可以接纳小小的胜利，我们可以在唯一一个方面原谅自己，那就是意识到

----

① 原文为英语。

自己的脆弱。靠回忆感受你在我身边的感觉；在一位走出伤悲的父亲的细心指导下学习钢琴；买一辆破破烂烂的小摩托，把它停在更合心意的街区，停在一个新的角落里；住进一间有阳台的公寓；扔掉你的手机以及全部不属于我的东西；继续为了帮助只有几千克重的人来到这个世界而不懈努力。谁知道某天我会不会再去爱人，但我知道，我会重新开始生活，会承认有的时候，死亡是以机遇的形式出现的。毛罗，我不会逃跑，我只是离开了。我会经常回来看看这些植物，我也不会忘记你的死。遗忘就像是让你再死去一回，这不会发生，你可以放心。

托马斯手里捧着几颗草莓走上露台。他走过来，递给我一颗。我摆摆手拒绝了。他缓慢地咀嚼着，专注地环顾四周。春天张开双臂拥抱着一切。一只乌鸫在旁边的屋顶上吹着口哨。太阳就要落山了，这个时间鸟鸣声此起彼伏。

"Turdus merula."[①]我嘀咕道。

"什么？"

"一只乌鸫。你听到它的叫声了吗？"

"我不知道乌鸫是什么。"他一脸无所谓地耸耸肩膀，"你脸上有根睫毛，别动。"

他小心翼翼地从我的颧骨上捏起一根睫毛，他的脸靠得那么近，

---

① 拉丁语，意为"乌鸫"。

近到碰到了我的头发。我发觉自己羞红了脸。最后几缕夕阳照得他的脸庞闪闪发亮。他抬起我的手腕，掰开我的手掌，像钟表匠挪动被大卸八块的钟表里的细小零件一般，把睫毛放进我的手心。

"把它扔到你背后去。"①

"不，托马斯，在我们这里，人们一般把它朝上吹走。"

我们像两个孩子一样笑眯眯地讨论了一会儿这根睫毛应该采取的运动轨迹。新来的那些植物对我们还不了解，它们蹲在地上观察我们，逐渐适应飘浮在空气中的喜悦气氛。它们会觉得这样的氛围才是常态，这很好。

"来吧！②许个愿！"

我心中突然一震，广为流传的吹睫毛传统就像一道决定我命运的神谕。我用力地闭紧双眼，紧到眼睛开始灼痛，紧到眼皮挤压出羊皮纸一般的褶皱。黑暗中，一场由视网膜刺激而生的光幻视舞蹈上演了，我看到了移动的光斑，让我想到了幽灵，但我急忙提醒自己，这个露台是你生活过的痕迹，毛罗，它绝不是你的墓碑。之后，我许下了愿望。我用尽全力深吸一口气，然后为自己许下了愿望，我许得很用力。

---

① 原文为英语。

② 原文为英语。

228

致谢

我谨向巴塞罗那圣·胡安·德·德乌医院的新生儿科专家马尔塔·坎布鲁比博士致以诚挚的谢意。感谢你让我穿上白大褂，参观新生儿重症监护病房，跟我分享经验与趣闻，让我获得关于与你工作相关的一手资料。假如说葆拉·希德被塑造成了一个完美的新生儿科医生形象的话，这就要归功于你。

感谢我的加泰罗尼亚语编辑，派利斯科比出版社的阿尼奥尔·拉斐尔和马尔塔·鲁比罗拉。感谢你们一直信任我，并对文稿做了必不可少的严格审读。一路相伴走来，你们不仅是我的编辑，也是我的榜样。

感谢我的西班牙语编辑，卢门出版社的西尔维娅·奎里尼。是你劝我写下这个故事，你对这个故事的呵护与喜爱让我感同身受。

感谢卢门出版社的编辑玛利亚·法赛。感谢你坚持不懈的努力。

感谢所有为这本书付出了努力与热爱的校对员、设计师、实习生及其他必不可少的工作人员。尤其感谢托诺·克里斯托弗和马尔塔·贝维伊为这本书穿上如此好看的封皮。

感谢帕特利给予我的深厚友谊和富有感染力的快乐气息，我抢走了她为未出世的女儿准备的名字，用在了主人公身上，结果她生了个男孩，取名为亚历克斯·希德。有时候我会想，会不会是因为我抢走了孩子的名字，所以女孩才变成了男孩？希望他们不要怪罪我。

感谢飞的果断和对我的书的信任。前行的道路不是永远玫瑰环绕、花团锦簇，但他的友谊给予了我继续前行的力量。玫瑰还会重新长出来的，会开出芳香馥郁的花朵。

感谢赫拉尔德。感谢你即便与我分隔两地，也始终守护着我，敦促我写作；感谢你的父亲为我整理出在这本书中安了家的鸟类名称。

还有何塞，非常感谢①你突然出现在我的生命中。

感谢我的父母给予我的平静。

感谢伊格纳西和奥里奥尔，是你们让太阳每天升起。我爱你们，直到宇宙尽头。

感谢文学、音乐和电影，是你们赐予了我其他的一切。

---

① 原文为巴斯克语。